Anja Massoth

Süßer Winterweihnachtskuss

Diese Liebesgeschichte hat 24 spannende Kapitel. Als Adventskalender verkürzen sie die Wartezeit bis Weihnachten. Jeden Tag vom 1. bis zum 24. Dezember kannst du die Seiten eines neuen Kapitels öffnen. Mit einem Lineal oder einem Brieföffner funktioniert das besonders gut.
Viel Spaß dabei!

Anja Massoth

Süßer Winterweihnachtskuss

Eine Liebesgeschichte in 24 Kapiteln

Mit Illustrationen von Carolin Liepins

cbj

Kinder- und Jugendbuchverlag
in der Verlagsgruppe Random House

MIX
Papier aus verantwortungsvollen Quellen
FSC® C110508

Verlagsgruppe Random House FSC® N001967
Das für dieses Buch verwendete FSC®-zertifizierte Papier
Pamo House liefert Arctic Paper Mochenwangen GmbH.

2. Auflage 2015

Umschlaggestaltung: Carolin Liepins, München
Umschlag- und Innenillustration: Carolin Liepins, München
kk · Herstellung: AJ
Satz: Uhl + Massopust, Aalen
Druck: Westermann-Druck, Zwickau
ISBN: 978-3-570-17154-7
Printed in Germany

www.cbj-jugendbuch.de

1. Dezember

Ich heiße Rosa. Wahrscheinlich mag ich die Farbe genau deshalb nicht.

Ebenso wie diesen Typen vom Schlittschuhverleih, der mit Blick in meinen Ausweis grinsend meint: »Da hab ich doch die perfekten Schuhe für dich« und mir dann ausgerechnet ein knallrosa Exemplar Kufenflitzer in Größe 34 überreicht.

»Ich hasse Rosa!«

»Das heißt, du hasst dich also selbst?« Er grinst total unverschämt.

»Ich hasse höchstens dich«, zische ich und merke, wie ich vermutlich vor Wut gerade selbst knallrosa anlaufe, was mich sofort noch wütender macht. Erstaunlicherweise wirkt dieser Typ jetzt fast erschrocken. »Wie willst du wissen, ob du mich hasst? Du kennst mich doch gar nicht.«

»Leg ich auch keinen Wert drauf«, kontere ich, »nur auf Schlittschuhe in 'ner anderen Farbe als Rosa.« Ich versuche dabei genauso arrogant auszusehen wie zuvor er.

»Gibt's mal wieder ein Problem mit dir?«, mischt sich jetzt mein Sportlehrer ein. Von wegen »mal wieder«, bloß weil ich mir nicht alles gefallen lasse. Ich nicke über die Theke zu dem Typen rüber, der höchstens zwei Jahre älter als ich sein kann, aber dasteht, als gehöre ihm das ganze Eisstadion persönlich. »Nicht ich bin das Problem, sondern der da.« Dabei kneife ich möglichst bedrohlich meine Augen zusammen. Meinen Lehrer beeindruckt das leider gar nicht.

»›Der da‹ heißt Julian von Lemberg, hat sich bisher äußerst zuvorkommend darum gekümmert, alle Schlittschuhlosen der Klasse zu versorgen, und da auch du ein Paar in deiner Größe ausgehändigt bekommen hast und überdies die letzte bist, die noch hier am Verleih herumsteht, sehe ich höchstens *ein* Problem: Du hast Angst vorm Eislaufen.«

Angst! Ich? Angst passt fast genauso gut zu mir wie mein Name. Ich schnappe mir also diese scheußlichen rosa Schlittschuhe, ohne noch einen Blick zu den beiden zu werfen. Denen werde ich zeigen, was eine angstfreie Eislaufpremiere ist.

Als ich die Leihschuhe anziehe, spüre ich trotzdem ein unangenehmes Gänsehautgefühl meine Beine hochkriechen. Ich würde mir gern einreden, dass mir nur kalt ist, aber leider kenne ich mich zu gut: Mir ist wahrscheinlich so mulmig zumute wie einem Faultier vorm Marathonlauf. Denn dies ist mein allererstes Mal auf Eis und ich habe absolut keine Ahnung, wie es geht.

Nach meinem Auftritt am Verleih kann ich natürlich niemanden mehr um Hilfe bitten. Ich lasse mir zwar viel Zeit beim Anziehen der Schlittschuhe, dennoch werde ich keine zwei Schulsportstunden in der Umkleide verbringen können, ohne dass es meinem Lehrer auffällt. Außerdem fände ich es auch peinlich, mich zu drücken, wo ich doch nie Angst haben will.

»Na, klappt's?«

Ich schaue an den langen Beinen hinauf, die vor mir auftauchen, bis ich erkenne, von wem diese dämliche Frage gekommen ist. Klar, der schon wieder.

»Ja, echt erstaunlich! Wer hätte gedacht, dass ich, circa zehn Jahre, nachdem ich es als Kind gelernt habe, Schuhe zubinden kann? Es muss ein Wunder sein.«

Zuckersüß lächelnd, aber innerlich total sauer richte ich mich auf und merke plötzlich, dass Schlittschuhe immerhin einen großen Vorteil haben. Auf Kufen bin ich in Sekundenschnelle bestimmt fünf Zentimeter gewachsen. Ich strahle, weil ich so unverhofft fast die Ein-Meter-fünfzig-Marke kratze. Doch sofort vergeht mir das Strahlen wieder wegen Julians Antwort.

»Weißt du, was *auch* ein Wunder ist? Dass du bei deiner Größe überhaupt schon zur Schule gehen darfst.«

»Du verwechselst Größe mit Länge«, kontere ich cool, stülpe meine selbst gestrickte Long-Beanie-Mütze über die Ohren, zerre meine Hosen in die Länge, damit sie möglichst viel von den rosa Schlittschuhen verdecken und stolpere zittrig Richtung Eisfläche. Oh Mann, das Gewackel auf den schmalen Kufen ist schon ohne Eis schlimmer als erwartet. Bloß nicht vor diesem »Von Lemberg«-Möchtegernadelsschnösel hinfallen, der so tut, als sei er was Besseres, ist der einzige Gedanke, der mich aufrecht hält. Plötzlich habe ich eine stützende Hand an meinem Arm und baumelnde Handschuhe vor meinem Gesicht. »Die hast du grad liegen lassen.«

Auch das noch. Ich hasse es schon, wenn mich Leute trotz meiner dreizehndreiviertel Jahre für unfähig halten, nur weil ich erst eins vierundvierzig groß bin. Aber noch mehr hasse ich, wenn es aussieht, als hätten sie auch noch recht. So wie jetzt, weil ich etwas vergessen habe oder wenn ich irgendetwas nicht kann oder nicht allein hinkriege. Schon wieder knallrosa wütend, aber diesmal auf mich selbst, reiße ich Julian meine Handschuhe aus der Hand.

»Handschuhe sind echt das Wichtigste beim Schlittschuhlaufen«, fängt er ernsthaft an, mir einen Vortrag zu halten.

»Komisch, ich dachte, Schlittschuhe wären das Wichtigste.« Diesen Kommentar kann ich mir einfach nicht verkneifen.

»Ich mein's ernst«, bleibt er ganz unbeirrt. »Als Eishockeyspieler bin ich ständig auf dem Eis und hab wegen so was schon literweise Blut fließen sehen.« Wenn er mich mit Blut beeindrucken will, ist er bei mir an der falschen Adresse. Meine Mutter ist Krankenschwester und hat mir schon etliche Horrorstorys von ihrer Arbeit im Krankenhaus erzählt. Da bleibe ich mindestens so kühl wie das Eis, dem ich mich gerade nähere, und zucke nur die Schultern.

»Kein Spaß. Wenn du stürzt und ein anderer fährt dir mit seinen scharfen Kufen über die bloßen Hände …«.

Ich unterbreche ihn. »Erstens: Ich stürze nicht. Zweitens: Ich kann Erste Hilfe, also brauch ich nicht deine. Und drittens hab ich ja jetzt meine Handschuhe an und du kannst die Show mit dem Handdurchtrennen wieder absagen, zufrieden?« Ich fummle ihm mit zehn Fingern vorm Gesicht herum.

»Ja, danke«, nickt er ernst, was mich mehr verunsichert als jeder blöde Spruch. Schnell reiße ich einen Witz, um davon abzulenken. »Jedenfalls weiß ich endlich, wie bei ›Germany's Next Topmodel‹ das Highheels-Gewackel geübt wird. Heutzutage haben Models Kufen statt Kurven.« Ich stakse auf meinen Schlittschuhen dem Eis zu. Zum Glück ist das hier kein Casting.

Julian grinst. »Dein Gewackel reicht jetzt schon für 'nen Spitzenplatz bei ›Germany's Next Topmodel‹, aber …«. Er mustert mich prüfend von oben bis unten und wieder zurück, was bei meiner Größe zwar relativ gesehen schnell vorbei, mir aber dennoch unangenehm ist, und fährt fort: »Deine Größe könnte dir vielleicht doch ein *ganz* kleines bisschen bei der Modelkarriere im Weg stehn.«

Der Typ hat Humor, wie ich anerkennend feststelle, aber leider auf meine Kosten, weshalb ich ihn unbedingt nochmals zurechtstutzen muss. »Innere Größe ist viel wichtiger. Aber klar, dass so ein Von-und-Zu wie du das nie kapiert.« Damit wackle ich wie »Germany's Next Ice Princess« zum offenen Türchen, das mich aufs Glatteis führen wird.

Tatsächlich drehen inzwischen meine Mitschüler längst ihre Runden. Als unser Sportlehrer verkündet hatte, dass wir am 1. Dezember statt in die Turnhalle in die Eishalle gehen würden, waren alle total begeistert. Außer mir. Die sind nämlich schon mindestens einmal in ihrem Leben Schlittschuh gelaufen.

»Jetzt komm endlich! Du bist doch sonst keine so lahme Ente«, winkt mir meine Sitznachbarin Leonie im Vorbeiflitzen zu.

Wenn sogar die megabrave Oberstreberin meiner Klasse mit ihren eigenen, natürlich schneeweiß blitzenden Schlittschuhen so mühelos dahingleitet, als sei sie mit Kufen an den Füßen zur Welt gekommen, kann es nicht so schwer sein, denke ich erleichtert und setze lässig den ersten Schritt aufs Eis.

Mein zweiter Schritt ist dann aber leider schon mein letzter. Ich komme diesen blöden rosa Schlittschuhen nicht hinterher und platsche mit dem Po aufs Eis. Wie war das mit der lahmen Ente? Die ist eben auch kein Eisvogel, sondern ein Wasservogel. Immerhin raffe ich mich gefühlt schneller wieder auf als ich gefallen bin. Schließlich wäre noch schlimmer als ein Sturz, den die Mitschüler sehen, ein Sturz, den dieser Verleihfuzzi beobachtet. Das Problem ist bloß, dass ich mich nun nicht mehr traue, auch nur einen weiteren Schritt zu wagen. Aber ich kann unmöglich die nächste Stunde hier stehen bleiben wie eine Eisskulptur. Rettung naht ausgerechnet in Gestalt von jemandem, von dem ich es überhaupt nicht erwartet hätte. Nie zuvor war ich so froh, die langweilige Leonie neben mir zu sehen.

»Ach Mensch, du Arme, ich hab dich stürzen sehen, sah ja übel aus. Hast du dir weh getan? Oh nein, dein Wildledermantel, ganz nass vom Eis. Nicht dass das noch Flecken gibt, warte, ich helf dir.«

Als sie jetzt anfängt, mich vor aller Augen auf meinen Po zu hauen, um das am Mantel klebende Eis abzuklopfen, ist mir wieder klar, warum sich zu Schuljahresbeginn niemand freiwillig neben sie gesetzt hat. Ich auch nicht. Aber da weder Leonie noch ich sonst eine »beste Freundin« in der Klasse haben, blieben am Ende nur wir beide und ein leerer Tisch übrig. Wie konnte ich mich gerade noch ernsthaft darüber freuen, Leonie zu sehen? Sie klingt wie eine besorgte Oma. Zumindest stelle ich mir eine Oma so vor. Meine eigene habe ich nie gesehen, und das sei auch gut so, meint meine Mutter. Darum muss meine Oma eine von der schlimmsten Sorte sein. So wie Leonie eben.

»Lass das, du bist nicht meine Oma«, drehe ich mich mit einem Ruck von ihr weg. Leider wäre ich dabei sofort wieder ausgerutscht, wenn Leonie mich nicht festgehalten hätte.

»Immer langsam mit den jungen Pferden. Schön vorsichtig einen kleinen Schritt vor den anderen setzen«, labert sie unerschütterlich-großmütterlich weiter und lotst mich an die Bande. Es gibt kaum ein übleres Gefühl, als jemandem dankbar sein zu müssen, den man nicht mag, finde ich und lenke ab. »Das liegt bloß an diesen blöden rosa Schuhen von diesem blöden Typen.«

»Deine Schlittschuhe sind wunderschön«, seufzt Leonie mit sehnsüchtigem Blick darauf. »Ich würde total gern mit dir tauschen, wenn sie mir passen würden.« Was hab ich gesagt: total neben der Spur.

»Der äußerst zuvorkommende Julian von Lemberg am Verleih hat bestimmt noch ein Paar ganz entzückende rosa Schlittschuhe für dich, wenn du ihn nett anlächelst«, schlage ich Leonie vor, die natürlich nicht mal merkt, dass ich sie damit bloß aufziehe. Stattdessen schaut sie mich traurig an. »Ich würde sie sofort nehmen, aber rosa Schlittschuhe gibt's nicht in meiner Größe, die sind ja nur für Kinder.«

Ich wundere mich, dass das Eis unter uns nicht wegschmilzt, denn bei dieser Bemerkung speie ich sofort Feuer. »Für *Kinder!?!*« Die Glut meiner Worte kommt immerhin bei Leonie an, die rote Flecken im Gesicht kriegt und schwitzt. »Tut mir leid, echt, also, so hab ich's natürlich nicht gemeint, das weißt du doch?«, stammelt sie, aber ich lasse sie noch schmoren und schweige.

»Du bist überhaupt kein Kind mehr, wirklich, sondern sogar viel selbstständiger und erwachsener als fast alle Dreizehnjährigen, die ich kenne«, fährt sie fort. Geht doch, denke ich besänftigt.

»Genauso wie ich«, fügt sie hinzu und lässt damit meine Wut sofort wieder auflodern. Leonie ist nicht selbstständig und erwachsen, sondern omahaft und altklug.

»Liebe Leonie, wir zwei sind uns so ähnlich wie Frostbeulen und Sommersprossen!« Damit hangle ich mich, ohne ein weiteres Wort an sie zu verschwenden, an der Bande von ihr weg, was mir leider nur in Zeitlupe gelingt. Immerhin hat sie begriffen, dass sie mir auf die Nerven geht, und gleitet auf ihren Schlittschuhen federleicht davon. Fast tut's mir wieder leid, denn ohne Hilfe kann ich höchstens in der Kategorie »Schlittschuhstolpern« auftreten. Die Bande wird mein bester Freund. Wahrscheinlich schaffe ich es doch noch, eine Sportstunde ohne jede sportliche Bewegung hinter mich zu bringen.

Hinter mich zu schauen kann ich mir jedenfalls sparen, denn die Stimme, die ich plötzlich hinter mir höre, kenne ich seit einer halben Stunde besser, als mir lieb ist.

»Ist echt nicht so schwer, wie's aussieht. Ich bring's dir bei, Rosa.«

Kann der mich nicht in Ruhe lassen? Wenn ich heute noch einmal das Wort Rosa höre, platze ich. »Nenn mich nie wieder Rosa!«

»Kein Problem, wie dann? Vielleicht Hitzkopf oder Trotzkopf?«

Ziemlich schlagfertig, denke ich, sage aber nur »Tja, Hauptsache, Köpfchen«, um meinen Spitznamen nicht zu verraten. Der ist im Gegensatz zu meinem richtigen Namen zwar total treffend, aber manchmal ernte ich trotzdem Lacher. Ausgerechnet von diesem Typen ausgelacht zu werden, das habe ich genauso nötig wie rosa Schlittschuhe.

»Wenn du nicht mal verraten willst, wie ich dich nennen soll, hat dein Lehrer wohl doch recht«, schneidet mir Julian mit coolem Schwung den Weg ab und sieht mich herausfordernd an. »Du hast Angst. Angst vor deinem eigenen Namen.«

Kann ich mir so was gefallen lassen?

2. Dezember

Ich heiße Floh«, sage ich und sehe Julian so selbstsicher wie möglich in die Augen, was schon allein deshalb schwierig ist, weil sich seine Augen fast zwei Kopflängen über meinen befinden. Ich merke, wie er gleich herausplatzen wird. Hab ich doch gewusst, dass so ein Typ sofort die Gelegenheit nutzt, sich über mich lustig zu machen.

»Passt super zu dir«, lacht er jetzt los, »darum bist du so bissig, wie ein echter Floh.«

So habe ich das noch nie gesehen. Floh nennen sie mich seit dem Kindergarten, weil ich immer schon die Kleinste war. Dass Floh auch deshalb zu mir passt, weil ich bissig bin, finde ich richtig gut. Schließlich heißt das, dass ich mir nicht alles gefallen lasse. Diesen Typen werde ich aber natürlich nicht merken lassen, dass er gerade was Cooles gesagt hat. Stattdessen beiße ich gleich mal wieder mit Worten zu. »Pass auf, dass du nicht mein nächstes Opfer wirst.«

»Bin ich doch längst. Juckt mich aber nicht«, grinst er. Verdammt kluge Antwort mit dem Jucken bei einem Flohbiss, jetzt muss mir aber schnell etwas Gutes einfallen.

»Kein Wunder«, sage ich, »wer gefühllos ist wie 'ne Eisplatte, kann ja nichts spüren, nicht mal ein winziges Jucken.«

»Von wegen gefühllos«, schaut er überrascht, und ich bin gespannt, ob ihm nochmals ein Konter einfällt. »Fürs Schlittschuhlaufen hab ich auf jeden Fall wohl mehr Gefühl als du.«

Warum muss der Typ auch noch recht haben?

»Aber Gefühl kann man lernen, selbst ein bissiger Floh wie du.« Der will mich doch schon wieder ärgern?

»Mein Angebot, dir Schlittschuhlaufen beizubringen, steht.« Oder will der mir echt bloß helfen? Dann muss er ein gewaltig schlechtes Gewissen haben, weil er mir rosa Schlittschuhe verliehen hat, denke ich zufrieden. Eigentlich ist es ja das Mindeste, dass er das wiedergutmachen will. Außerdem ist im Vergleich zur labernden Leonie der juckreizfreie Julian auf jeden Fall das kleinere Übel.

»Worauf warten wir dann«, gebe ich so cool wie möglich zurück. Julian nickt und sieht aus, als freue er sich, meinen Lehrer zu spielen. Hauptsache, er setzt nicht seinen arroganten Blick vom Verleih auf, denn spielen und sich aufspielen ist ein gewaltiger Unterschied.

»Das größte Problem für alle Anfänger auf Kufen ist die Rücklage. Wenn du deinen Oberkörper nicht mit dem Schwerpunkt über die Schlittschuhspitze vorbringst, gerätst du beim Fahren in 'ne instabile Lage und nix geht mehr«, fängt er an. Ich nicke in Gedanken. »So wie mit der stabilen Seitenlage.«

»Die hat doch was mit Erste Hilfe zu tun?«, fragt Julian verwirrt.

»Aber da geht's genauso drum, dass der Patient in der richtigen Position ist. Wenn er in 'ner instabilen Lage liegt, geht da unter Umständen auch nix mehr.«

»Kapiert«, nickt Julian, »dann merk dir statt stabiler Seitenlage einfach stabile Vorlage. Arme immer nach vorne in Laufrichtung, Schultern vor und nie die Beine durchdrücken, sondern tief in die Knie gehen.« Julian macht halbe Kniebeugen und federt geschmeidig. Ich habe damit bloß wieder *ein* Problem. Wenn ich bei meiner Größe auch noch in die Knie gehe, sehe ich wirklich nur noch aus wie ein Zwerg.

»Probier's und schieb deine Füße vor. Nicht so kleine Schritte, als würdest du nur gehen, sondern immer diagonal so lange wie möglich auf einer Kufe bleiben und dein Gleichgewicht halten«, führt er mir vor, was er meint. Sieht gar nicht schwer aus.

Meine ersten Schritte sind zwar noch ein bisschen wacklig, aber immerhin komme ich tatsächlich voran und falle nicht mehr hin.

»Gut so, Floh«, ruft Julian. Wer sagt's denn, denke ich wagemutig und hole viel Schwung. »Tiefer in die Knie«, höre ich ihn noch rufen, da rudere ich auch schon mit den Armen und denke an das farbenprächtige Hämatom an meinem Hintern, das sich spätestens mit dem nächsten Eisaufprall bilden wird, als ich mich so unverletzt wie unvermutet in Julians Armen wiederfinde. Hastig befreie ich mich daraus. Nicht dass er irgendwelche Ansprüche ableiten will. Kennt man ja aus Filmen: Mann rettet Frau aus misslicher Lage, sie ist ihm ewig dankbar und verliebt sich deshalb in ihn. Nicht mit mir! Nicht in diesen Typen! Sowieso darf man Dankbarkeit nie mit Liebe verwechseln, hat mir meine Mutter erklärt, die oft genug Liebeserklärungen von dankbaren Patienten im Krankenhaus ablehnen muss. Liebe funktioniert nämlich bloß, wenn keiner irgendwelche

SPECiAL
PERFECT
OPEN
BiG!

FANTASTiC
OH!
SUPER

Ansprüche an den anderen hat. Da das aber fast nie der Fall ist, ist es eigentlich besser, gar nicht erst mit dem Verliebtsein anzufangen.

»Was habe ich gesagt?«, stoppt Julian meine Gedanken, »tief in die Knie.« Immerhin scheint er jetzt gar nicht auf einen dankbaren Augenaufschlag oder mehr von mir zu warten. Andererseits auch klar. Wer mich in seinen Armen liegen hat, denkt eher daran, ein Baby zu halten als ein Mädchen, für das er sich interessieren könnte.

»Hab ich doch gemacht«, behaupte ich.

»Glaubt man immer, stimmt aber nicht, macht aber auch nix. Mir kommt nämlich gerade die ultrageile Idee zum Schlittschuhlaufen«, strahlt er. »Du hast echt Glück, dass du so klein bist.«

Bevor ich etwas auf diesen eindeutig durchgeknallten Satz erwidern kann, flitzt Julian schon davon und springt durch das offene Türchen von der Eisfläche herunter, als hätte er normale Schuhe an und keine millimeterschmalen Knöchelbrecher. Müsste ich als Gefangene aus einem Verlies fliehen oder wollte mich in einer Schokofabrik verstecken, um die Vorräte zu plündern, wäre meine Größe bestimmt ein Vorteil. Aber hier auf der weiten Eisfläche, wo es weder um Flucht noch Raub geht, ist mein Zwergenwuchs so sinnvoll wie Bonsaibäume als Schattenspender für Giraffen.

Deshalb fühle ich mich kurz darauf, als hätte man mich ins Märchen von »Schneewittchen und die sieben Zwerge« gebeamt – nur dass ich natürlich nicht Schneewittchen bin –, als ich mich einem noch kleineren, circa ein Meter hohen »echten« Zwerg auf Kufen gegenüberstehen sehe. Ich muss Halluzinationen haben.

»Gestatten«, witzelt der dahinter stehende Julian, »Ihr neuer Eislaufbegleiter: Peter.« Tatsächlich steht auf der Mütze des Eiszwergs der Name Peter. Ausgerechnet.

»Und da hast du dir gedacht, Zwerg Peter passt super zum laufenden Meter?« Meine Augen sprühen Funken. »Fahr doch selber mit deinem Plastikfreund, richtige Freunde hat einer wie du wahrscheinlich auch gar nicht.«

»Jetzt komm mal wieder runter.« Zum ersten Mal klingt er echt verärgert.

Trotzdem kann ich mir einen Spruch nicht verkneifen. »Runterkommen, leicht gesagt. Ein Zwerg wie ich kommt ja nicht mal irgendwo rauf.« Julians Ärger verwandelt sich wieder in ein Grinsen. Wirklich lustig finde ich das Ganze aber immer noch nicht, schließlich sehen fast alle aus meiner Klasse kichernd her.

»Mit so einem Eiszwerg kannst du echt super leicht Schlittschuhlaufen lernen, gerade weil du relativ gesehen so groß bist.«

»Versuch mir mal *einen* zu nennen, der im Vergleich zu einem Zwerg nicht relativ groß ist?«

Julian sieht aus, als wäre ihm peinlich, was er gerade gesagt hat. Das hat er sich auch verdient. »Was ich sagen will, ist, dass du bei deiner Größe ziemlich in die Knie gehen und dich nach vorne beugen musst, um dich an den Griffen festzuhalten, und deshalb automatisch alles richtig machst. Du kannst gar nicht mehr in 'ne Rücklage geraten und hinfallen.«

»Dafür gerate ich aber in 'ne viel üblere Schieflage.«

So verdutzt wie Julian mich ansieht, muss ich mal wieder geistig nachhelfen. »Wenn mich meine Mitschüler an 'nem Zwerg hängen sehen, ist eine Minute später das Internet voll mit Bildern davon und ich kann mich nirgends mehr blicken lassen.«

»Da muss man drüberstehen«, bemerkt Julian gelassen. Bei *der* Steilvorlage kann ich nicht achtlos am Witz vorbeigehen. »Drüberstehen, ha, wie denn?«, frage ich, »ich kann ja grad mal drüber*gucken*.«

»Sei froh, dass ich dir keinen Eispinguin gebracht habe. Über den könntest du zwar besser gucken, weil er kleiner ist als der Zwerg, aber das würde im Internet noch viel schlimmer aussehen.«

»Dafür hat der Pinguin bestimmt einen spitzen Schnabel, mit dem man nervige Personen auf dem Eis super rammen kann.«

»Aber mit deiner Zwergenmütze seid ihr beide hier optisch das perfekte Paar.«

»Das ist keine Zwergenmütze, sondern eine ›Long Beanie‹.« Auf meine selbst gestrickte bunte Mütze bin ich ziemlich stolz. Zumindest bis heute gewesen. Dass sie tatsächlich wie eine Zwergenmütze aussieht mit der langen Spitze, die abgeknickt nach hinten runterhängt, war mir bisher echt nicht so bewusst.

Julian lacht mal wieder. »Eine Mütze, die ›Lange Bohne‹ heißt,

aber aussieht wie für Zwerge, und die dann auch noch jemand trägt, der das Gegenteil von 'ner Bohnenstange ist, krass!«

Eigentlich bin ich wütend, weil er sich über mich lustig macht, doch was er sagt, ist wirklich dermaßen absurd, dass ich loskichern muss. Trotzdem habe ich immer noch diesen Eiszwerg vor den Füßen. Ich sehe mich zu meinen Mitschülern um. Alle schaffen es, sich einigermaßen auf ihren Schlittschuhen zu halten, ohne ständig hinzufallen. Ich bin zwar kleiner als alle anderen, aber definitiv nicht dümmer. Ich muss das also auch hinkriegen. Aber will ich mich dafür tatsächlich mit diesem megapeinlichen Zwerg verkuppeln lassen?

Plötzlich kommt mir eine Idee: Warum sich selbst zum Gespött machen, wenn man anderen den Vortritt lassen kann? Ich lächle Julian unschuldig an.

»Du könntest mir ja erst mal vormachen, wie's richtig geht. Nicht dass ich zum Beispiel mit meinen Kufen an den Zwerg dranfahre, hängen bleibe und dann erst recht hinfalle.«

»Du willst also, dass ich mich zum Trottel mache?«, nickt er grinsend. Mist, er hat mich durchschaut. »Kein Problem, Floh, im Gegensatz zu dir steh ich nämlich wirklich drüber, und das in doppelter Hinsicht.«

Total cool schnappt er sich den Zwerg und fährt mit ihm eine komplette Eisrunde, dreht dabei sogar noch eine Pirouette mit diesem Zwergen-Peter, und es scheint ihm überhaupt nichts auszumachen, ob die anderen glotzen. Schließlich bremst er wieder vor mir. »Jetzt du.«

Ich zögere immer noch. »Dann eben ein flotter Dreier«, grinst Julian, und bevor ich auf seine Unverschämtheit eine gute Antwort finde, liegen meine Hände schon auf den Zwergengriffen, Julians Hände auf meinen und wir sausen zusammen los.

»Gar nichts machen, Floh, nur Hände fest und Beine locker«, ruft mir Julian ins Ohr.

Witzbold, ich könnte sowieso nichts machen. Eingeklemmt zwischen Zwerg Peter und Riese Julian komme ich mir vor wie in einem bösen Märchen, in dem ich meinem eigenen Ende entgegenschlittere. Das Ende nähert sich nämlich mit gefühlter Lichtgeschwindigkeit in Form einer harten Bande, so irre schnell fliegt Julian mit Peter und mir übers Eis darauf zu. Das schaffen wir nie, rechtzeitig die Kurve zu kriegen oder abzubremsen! Ich möchte schreien vor Angst, zwinge mich aber, meine Lippen zusammenzupressen. Dieser eingebildete, unverschämte Julian kriegt mich nicht klein, schwöre ich mir. Nicht noch kleiner, als ich sowieso bin.

Die Bande kommt immer näher, ich kann den Aufprall fast schon spüren und schließe reflexartig die Augen.

»Aaachtung! Schön geschmeidig bleiben, jetzt kommt das Beste«, schreit Julian hinter mir unfassbar vergnügt, und ich würde diesem Typen jetzt so was von gern eine scheuern, wenn ich bloß eine Hand dafür frei hätte. Der kann was erleben. Aber erst mal *über*leben.

Als Nächstes spüre ich total überraschend ein traumhaft fliegendes Fliehkraftgefühl und weiß überhaupt nicht, ob ich wirklich noch lebe oder vielleicht doch schon gerade sterbe und auf dem Weg zum Himmel bin. Wobei Julian natürlich irgendwo auf diesem Weg in die Hölle abbiegen müsste. Noch ist er aber bei mir, denn er ruft mir ins Ohr: »Geiles Gefühl, was? Gleich noch mal!«

Anscheinend leben wir tatsächlich noch. Ich zwinkere vorsichtig durch meine Lider. Schon kommt die gegenüberliegende Bande der Eishalle auf mich zu. Das heißt, wir müssen vorher wirklich irgendwie die Kurve gekriegt haben. Ich entkrampfe mich deshalb sogar ein bisschen, schließe zur Sicherheit aber trotzdem lieber wieder meine Augen und spüre dann erneut diese unfassbar kribbelnde Schwerelosigkeit, als würde ich fliegen.

Ich merke, wie sich mein Mund öffnet. Aber diesmal nicht zum Schreien, sondern vor Begeisterung. Eine Runde später wage ich auch endlich meine Augen zu öffnen. Julian rast mit mir immer noch wahnsinnig schnell übers Eis. Doch gleichzeitig fühlt es sich so unglaublich sicher an, als würde mir mit ihm zusammen überhaupt nichts passieren können. Er ist zwar echt unverschämt, aber er kann auch unverschämt gut fahren, muss ich zugeben. Außerdem fühlt es sich gar nicht mal so übel an, von ihm gehalten zu werden. Wir gleiten miteinander dahin, fliegen um die Kurven und ich schwebe dabei vor Glück.

3. Dezember

Obwohl ich sowieso nicht besonders viel wiege, fühle ich mich noch den ganzen Tag nach dem Eislaufen wie schwerelos. Sogar nachts im Traum habe ich das Gefühl zu fliegen.

Dabei hat mein Schlittschuhabenteuer doch noch mit einer Bruchlandung geendet. Als Julian und ich nämlich so richtig in Fahrt waren, schnittig übers Eis glitten und es sich einfach nur wahnsinnig schön anfühlte, starrte uns Leonie dermaßen an, dass sie nicht aufpasste, wo sie hinfuhr, unseren Sportlehrer touchierte, dabei stürzte, unsere Bahn kreuzte, Julian deshalb auswich, mit mir und dem Eiszwerg das Gleichgewicht verlor, ich vor Schreck Peter losließ, der in die Bande krachte, mich neben Leonie auf dem Eis wiederfand und Julian beneidete, der als Einziger mit einem kühnen Sprung über meine Beine inklusive halber Drehung allen Katastrophen entkommen war.

»Wow«, hauchte Leonie ihm nach, und das war eindeutig das Beste, was sie je von sich gegeben hat.

Merkwürdigerweise fühlte ich überhaupt keine Schmerzen nach meinem erneuten Sturz. Obwohl ich auf dem harten Eis saß, schwebte ich gleichzeitig irgendwie immer noch und sah Julian zu, wie er in einer irren Schräglage von mehr als fünfundvierzig Grad übers Eis flitzte, sodass seine Hand lässig die Eisfläche berührte. Es musste sich fantastisch anfühlen, so gut fahren zu können. Trotzdem ging es selbst für Julian dann nicht ganz katastrophenfrei aus, denn ein Mitarbeiter des Eisstadions brüllte ihn an, sofort den nicht offiziell gemieteten Eiszwerg zurückzuschaffen und sich selbst an die Kufenschleifmaschine zu bewegen.

»Komm, Floh, ich helfe dir«, sagte Leonie, und ich ließ mich – noch immer wie in schwereloser Trance – von ihr hochziehen. »Das war ja wirklich Wahnsinn, wie toll der fahren kann. Hast du das gesehen?«, schwärmte sie.

»Hmmm«, seufzte ich nur.

»Ein heißer Kakao würde uns guttun. Draußen steht ein Automat, ich spendiere uns eine Runde, ja?« Ich nickte nur lächelnd.

Da unsere Sportstunde ohnehin gleich zu Ende war, verließen Leonie und ich – diesmal zum Glück unfallfrei – die Eishalle, zogen unsere Schlittschuhe aus, und während Leonie zwei Becher Kakao holte, ging ich zum Verleih, wo jetzt der Mitarbeiter stand, der zuvor Julian angebrüllt hatte. Von Julian selbst keine Spur. Ich gab meine Schlittschuhe fast traurig zurück, trotz ihrer rosa Farbe.

Als ich danach auf meinem Rad nach Hause fuhr, habe ich die Kälte kaum gespürt, was weniger am warmen Kakao lag als an meinen Gedanken ans »Schlittschuhschweben«, bei denen mir ganz heiß wurde. Dieses Fliehkraftkribbeln, vor allem in den Kurvenfahrten mit Julian dicht hinter mir, erinnerte mich an ein megaspektakuläres Fahrgeschäft auf dem Rummelplatz. Im Herbst hatte ich es zum allerersten Mal ausprobieren dürfen, weil ich endlich, endlich über die vorgeschriebenen ein Meter vierzig groß war. Ehrlich gesagt, wäre ich es am liebsten hundertmal gefahren, wenn ich genug Geld gehabt hätte, so wahnsinnig gut fühlte es sich an. Geschwindigkeit, Schwerelosigkeit, Fahrtwind im Gesicht, fliegende Haare, Kribbeln im Bauch, Glücksgefühle …

Genau daran denke ich immer noch, als ich jetzt in meinem Bett liege und nicht einschlafen kann. Niemals hätte ich geglaubt, dass Schlittschuhlaufen ähnlich cool sein würde. Vorausgesetzt natürlich, man traut sich, schnell genug zu fahren. So wie Julian. Und wie *ich* mit Julian. Gut, wie ich mit Julian und dem Zwerg. Aber genauso wie Julian muss ich das allein ja auch hinkriegen, denke ich mir. Denn ein Julian steht mir in meinem Leben nicht zur Verfügung. Wir kannten uns bis gestern nicht einmal, und als ich die Schlittschuhe zurückgegeben habe, war er nicht mehr im Verleih. Wir werden uns also nie wiedersehen.

Aber mir geht's ja auch ums Eislaufen und nicht um Julian. Deshalb werde ich bloß dann wieder ins Eisstadion gehen, wenn er nicht am Verleih steht. Ich habe weder Lust auf rosa Schlittschuhe noch auf weitere Eiszwergverkupplungen. Doch dieses Problem werde ich lösen, wenn's so weit ist. Denn bis zu meiner glänzenden Eislaufzukunft steht mir noch ein Hindernis fett im Weg: Geld. Wir haben nämlich keins. Also nicht gar keins, aber keins, das mal

H
C
R
M
I
e
R

R
A
M
S
T
S
y

eben so für ständiges Schlittschuhausleihen und Eisstadioneintritt übrig wäre. Meine Mutter verdient als Krankenschwester nicht so viel und einen Vater gab's in meinem Leben nie. Nicht mal so einen, der zwar nie da ist, von dem man aber weiß, dass es ihn gibt, weil jeden Monat Geld von ihm kommt.

»Man soll nie aufgeben, bevor man's nicht probiert hat, auch wenn man weiß, dass es so gut wie unmöglich ist. Das hast du selbst gesagt«, versuche ich deshalb trotzdem meiner Mutter Verständnis und vor allem Geld zu entlocken, als wir am nächsten Morgen beim Frühstück sitzen und sie erwartungsgemäß meinen Vorschlag für Eislauftaschengeld abgelehnt hat.

»Der Satz mit dem ›nicht aufgeben‹ bezog sich auf Ärzte, die sehr schwierige Operationen durchführen, um bei allem Risiko einem Patienten doch noch zu helfen«, berichtigt sie meinen Protest.

»Dann stell dir einfach vor, so wie einem Patienten 'ne Niere fehlt, fehlen mir Schlittschuhe, und du kannst mir mit einer Geld- statt Organspende helfen.«

Ich finde meine Antwort ziemlich schlau, aber leider ist meine Mutter noch schlauer. »Sogar ohne eine Niere kann man gut leben, und darum erst recht ohne Schlittschuhe.« Mist, ich hätte Herz statt Niere sagen sollen.

»Und wenn ich mir zu Weihnachten Schlittschuhe wünsche? Von mir aus auch gebraucht, bloß nicht rosa!«

»Sehr witzig, Rosa. Wir glauben beide daran, dass du demnächst noch wächst und damit auch deine Füße, und dann passen dir die Schlittschuhe gleich nicht mehr.«

Interessant, dass Wachsen auch mal ein Nachteil sein kann. Aber irgendeine Lösung muss es trotzdem geben. Während ich darüber nachdenke, hat meine Mutter schon das Thema gewechselt.

»Du musst noch in deinen Adventskalender schauen«, gluckst sie strahlend und schiebt mich dabei aus der Küche. Ich glaube, sie freut sich mehr über die täglichen Überraschungen als ich. Mir kommt ihre Aufforderung gerade recht, um meinen Schlittschuhwunsch noch einmal zu bekräftigen.

»Vielleicht ist heute ja ein Sack Schoko-Goldtaler drin, mit denen ich in der Eishalle ganz unauffällig bezahlen kann«, sage ich, während ich die von meiner Mutter quer durch die Wohnung gespannte Wäscheleine mit den selbst gestrickten, nummerierten und gefüllten Wollsocken nach der richtigen Ziffer für heute absuche und sie schließlich im Bad finde. Ich glaube nicht, dass außer uns noch jemand so einen kunterbunten Wäscheleinen-Wollsocken-Adventskalender hat. Ich finde ihn eigentlich cool, gerade weil er so einzigartig ist, aber ich würde nicht unbedingt jemand davon erzählen, zum Beispiel Leonie, die garantiert ein schweineteures fertig gekauftes Hochglanz-Premium-Glitzer-Glamour-Superduper-Ding im Wert von neuen Schlittschuhen daheim hängen hat.

Die gelbgrüne Wollsocke, die ich heute öffnen darf, ist mit etwas Rechteckigem gefüllt. »Bestimmt ein Goldbarren«, witzle ich, als ich damit in unsre Wohnküche zurückkomme. »Das wär aber nicht nötig gewesen, Mama, dass ich gleich das ganze Eisstadion kaufen kann.«

Natürlich ist es kein Goldbarren, sondern eine kleine, aber immerhin goldene Packung Pralinen, die meine Mutter bestimmt von einem Patienten geschenkt bekommen hat. Das ist so ziemlich das Beste an ihrem Beruf, dass sie oft mit Essen und Getränken heimkommt, die wir uns sonst nicht leisten würden. Ich werfe gleich mal eine Praline ein. »Hirnnahrung, um mein Problem zu lösen«, sage ich. Meine Mutter grinst: »Nüsse sind fürs Hirn, Schokolade ist nur Nervennahrung.«

»Auch gut«, schnappe ich mir gleich noch eine Praline, bevor ich mich in die Schule verabschiede, »kein Geld zu haben, ist manchmal nämlich echt nervig.«

Im Matheunterricht konzentriere ich mich auf die wirklich wichtigen Rechnungen und funktioniere mein Heft um:

1. Leihgebühr + Eintritt ins Eisstadion = 8 Euro
2. Taschengeld mit 1x die Woche Zeitungen austragen = ca. 60 Euro im Monat = 15 Euro pro Woche
3. 15 Euro pro Woche minus 8 Euro für 1x Schlittschuhlaufen = nur noch 7 Euro, das sind im Monat 28 Euro statt wie sonst 60 Euro, also nicht mal mehr die Hälfte.

So schwarz auf weiß in meinem Heft sieht dieses Ergebnis noch übler aus als in meinem Kopf. Klar haben andere Dreizehnjährige viel weniger Geld im Monat, aber die müssen davon auch nicht ihre Klamotten, Schuhe, Schulkram und sonst alles selbst bezahlen. Taschengeld und große Extra-Ausgaben sind nämlich bei dem, was meine Mutter verdient, nicht drin, das reicht uns meistens grad für Wohnen und Essen. Von meinem Geld versuche ich auch immer noch etwas zu sparen, und vor allem will ich meiner Mutter was Schönes zu Weihnachten schenken. Außer mir schenkt ihr ja keiner was. Ich bin ihre ganze Familie.

Deshalb gibt's bloß *einen* Lösungsweg: ein Zweitjob! Meinen Schulnoten wird das zwar nicht guttun, aber nach dem Halbjahreszeugnis kann man eh nicht mehr lange Schlittschuh laufen, und dann erledigt sich mein Problem bis zum wichtigen Sommerzeugnis von selbst.

Da man mit dreizehn Jahren keine besonders große Jobauswahl hat, frage ich nachmittags im Verlag nach, ob ich zwei Mal statt nur ein Mal die Woche Zeitungen austragen kann. Kann ich nicht, kriege ich zu hören, alles belegt. Als ich schon gehen will, ruft mich eine Mitarbeiterin zurück. »Ich hätte da was Kurzfristiges, gilt aber nur ab jetzt bis knapp vor Weihnachten.«

Klingt perfekt für mich. Vielleicht bekomme ich zu Weihnachten ja doch gebrauchte Schlittschuhe geschenkt, dann reicht so ein Adventsjob. Aber natürlich fällt mir sofort ein Haken ein.

»Ich lauf nirgends als weiß-rosa Rauschgoldengel rum.«

Die Mitarbeiterin lacht. »Keine Sorge, der Job ist vom Weihnachtszirkus.«

»Aha, also Hochseil, Raubtierkäfig oder Messerwurfzielscheibe, alles kein Problem für mich«, rette ich mich mal wieder in meinen Galgenhumor.

Zum Glück geht's dann aber bloß darum, Werbeflyer für den Zirkus auf unserem Weihnachtsmarkt zu verteilen. Ich kann sofort anfangen, soll diese Woche tausend Flyer verteilen und bekomme pro Stück einen Cent. Erst einmal schlucke ich, denn beim Zeitungsaustragen verdiene ich mehr. Doch dann rechne ich aus, dass die insgesamt tausend Cent immerhin zehn Euro sind und ich mir damit tatsächlich das Schlittschuhlaufen leisten kann.

Mit tausend Flyern in der Tasche entere ich den Weihnachtsmarkt – und entdecke dort quasi mein vorgezogenes Weihnachtsgeschenk. Außer unzähligen Buden ist dieses Jahr nämlich zum ersten Mal ein Eislaufplatz aufgebaut. Zwar ist der viel kleiner als im Eisstadion, aber mit dem glitzernden Kunstschnee auf rundherum aufgehängten Tannenzweigen, weihnachtlichen Lichterketten, schneeweiß glänzenden Bergen als Bandenwand und entsprechender Musik fühle selbst ich mich sofort verzaubert. Endgültig im Märchenland angekommen bin ich beim Blick auf die Preise. Eine Stunde Schlittschuhe leihen und fahren kostet nur sechs Euro statt acht im Eisstadion.

So schnell wie ich hat garantiert noch nie jemand Flyer verteilt. Der Weihnachtsmarkt ist ziemlich voll, also gibt es genügend Leute, denen ich lächelnd die Weihnachtszirkuswerbung in die Hand drücken kann.

Als es dämmert, alle Lichter angehen und die Stimmung noch viel schöner wird, bin ich flyerfrei und bereit zu meinem ersten Eislaufabenteuer ohne störende Zwerge wie Peter oder Typen wie Julian, der sich über meine Größe, meine Mütze und meinen Namen amüsiert hat – ganz zu schweigen von den blöden rosa Schlittschuhen. Hier am Eislaufplatz gibt's die Schuhe bloß in *einer* Farbe, und das ist zum Glück nicht Rosa, sondern Blau.

Nachdem ich mein Paar angezogen habe und dem Eis zustakse, fühle ich mich so ganz allein aber leider ziemlich mulmig. Doch dann denke ich an das wahnsinnig schöne Gefühl, wie ich mit Julian schwerelos übers Eis geschwebt bin, und betrete aufgeregt unter perfekt passender Musik mein persönliches »Winterwonderland« – bereit zum Abheben!

4. Dezember

Meine ersten Schritte allein auf dem Eis haben mit Schweben absolut nichts zu tun. Ich bin total frustriert deswegen, doch dann reiße ich mich zusammen und rufe mir Julians Tipps in Erinnerung.

Ich beuge den Oberkörper vor, statt aufrecht zu stehen, bemühe mich, die Arme immer schön nach vorne zu halten, nie nach hinten, und gehe sogar tief in die Knie. Hier ist es mir egal, noch kleiner auszusehen, hier kennt mich niemand. Dann hole ich Schwung und versuche – statt bloß kleine Schritte zu machen, wie Leonie mir geraten hatte, die aber natürlich null Ahnung hat –, so lange wie möglich auf einem Schlittschuh zu gleiten, bevor ich auf den anderen wechsle.

Ich rudere leider trotzdem mit den Armen, verheddere mich mit den glatten Kufen, die mir unter meinen Füßen wegrutschen, falle mehrmals hin und hoffe, dass nicht zufällig Julian über den Weihnachtsmarkt schlendert und mich bei meinen alles andere als schwerelosen Versuchen beobachtet. Meine Long-Beanie-Mütze habe ich heute jedenfalls schon mal daheimgelassen. Ihre Zeit auf meinem Kopf ist endgültig abgelaufen.

Dann geschieht das märchenhafte Wunder doch noch und ich fühle mich nach einer halben Stunde verbissenen Übens auch ohne Eiszwerghilfe fast wie eine richtige Eiskunstläuferin. Ich schaffe es, mich lange auf einer Kufe im Gleichgewicht zu halten, gleite dahin, stoße mich im Takt der Musik zu neuem Schwung ab, spüre meine wehenden Haare, werde immer sicherer, fahre schneller, lasse mich von der Geschwindigkeit durch die Kurven treiben, könnte total glücklich sein – und vermisse trotzdem komplett das wunderschöne Gefühl des Schwebens, den Boden unter den Füßen nicht mehr zu spüren, frei und leicht zu sein, fliegen zu können und nur kribbelndes Glück zu fühlen.

Nach einer Stunde gebe ich enttäuscht meine Schlittschuhe zurück. Ich verstehe nicht, wieso es sich heute so anders angefühlt hat. Es kann ja wohl nicht an so einem blöden Eiszwerg liegen und schon gar nicht an so einem pseudocoolen Typen wie Julian.

Daheim bekomme ich auch noch Ärger mit meiner Mutter.

»Wir haben beide einen Wohnungsschlüssel und wir haben beide – ungeachtet deines Alters – ein recht selbstständiges Leben. Wir haben aber auch beide ein Handy, mit dem man anrufen kann, wenn man später heimkommt.«

»Ist ja noch gar nicht so spät«, verteidige ich mich.

»Ich bin aber seit vier Uhr daheim und wundere mich, wo du bleibst. Ans Handy bist du auch nicht gegangen. Wir haben mal vereinbart, du kannst so ziemlich machen, was du willst, aber du musst mir Bescheid geben. Die vier großen W, falls du dich erinnerst?« Sie klingt ziemlich scharf.

»Was ich mache, Wo, mit Wem und Wann ich wiederkomme«, zähle ich deshalb brav die vier »W« auf.

»Warum hat's dann heute nicht geklappt, Rosa?«

Ärger meiner Mutter verfliegt am schnellsten, wenn ich sie zum Lachen bringe. Ich knüpfe deshalb an unser Geldgespräch von heute früh an. Wenn sie von meinem superschnellen Joberfolg erfährt, ist sie außerdem gleich noch stolz auf mich.

»Es gab sozusagen ganz überraschend eine Organspende, eine Niere, besser gesagt ein Paar Nieren, und die musste ich ja quasi einpflanzen und testen, ob sie funktionieren.« Hoffentlich kapiert sie überhaupt, was ich meine, sie lacht nämlich noch nicht. Aber da ich ihre Gene habe, sollte sie doch eigentlich kapieren, was ich auch kapiere. Ihr angestrengtes Stirnrunzeln lässt mich schon fürchten, dass ich mein Intelligenzgen wohl von meinem Erzeuger habe und nicht von ihr, als sie endlich doch noch lacht.

»Du willst mir sagen, dass du die Lösung für dein Problem gefunden, eine Geldspende aufgetan und dir Schlittschuhe gekauft hast?«

Ich lasse das gelten und erkläre ihr dann genau, wie es war.

»Darf ich also annehmen, Doktor Rosa, dass Sie in Kürze die nächste Organspende aus dem Weihnachtszirkus erhalten und dieses neue Paar ebenfalls vorschriftsmäßig auf Eis legen werden?«, scherzt sie mit wichtiger Arztstimme.

Ich weiß nicht, was ich antworten soll, obwohl ich genau verstanden habe, was sie gefragt hat. Nämlich, ob ich nochmals für

den Weihnachtszirkus Flyer verteilen und von dem verdienten Geld eislaufen gehen werde. Aber ich weiß nicht mehr, ob ich das überhaupt noch will. Was ich heute getan habe, war Schlittschuh *laufen*, was ich gestern erlebt habe, war auf Schlittschuhen *schweben*.

Auf Nachhaken meiner Mutter druckse ich rum, dass es nicht ganz so supertoll war wie erträumt. Sie schlägt mich grinsend mit meinen eigenen Waffen. »Wie waren noch deine Worte vor gerade mal zwölf Stunden? Nicht aufgeben! Also mach deinem Spitznamen Ehre und beiß dich durch, du Floh.«

Als ich am nächsten Morgen aufwache, fühle ich mich wie gelähmt und begreife dann, dass ich überall Muskelkater habe. Durchbeißen und nicht aufgeben gilt jetzt erst einmal fürs Aufstehen. Ich beiße also die Zähne zusammen und quäle mich aus dem Bett. Aber ich hatte auch genug Zeit, darüber nachzudenken, dass ich das Schlittschuhlaufen tatsächlich nicht aufgeben will. Bloß werde ich nicht mehr auf den Eislaufplatz am Weihnachtsmarkt gehen, obwohl der total romantisch aussieht, sondern ins dreimal so große Eisstadion. Denn wenn man nämlich schneller und schwungvoller fahren kann, ist es ja logisch, dass es sich mehr nach Fliegen anfühlt. Es hatte also wirklich weder mit dem Eiszwerg noch mit Julian zu tun. Ich hoffe nur, dass jemand anderer am Verleih steht, der mir *keine* rosa Schlittschuhe gibt.

Doch bevor ich wieder Flyer für den Weihnachtszirkus verteilen kann, um mir das nötige Geld zu verdienen, wartet heute Nachmittag erst einmal mein normaler Job auf mich, Zeitungen austragen.

Mit meiner über den Kopf gezogenen Parkakapuze und einem dicken Paar Handschuhe gegen die schon nach Schnee riechende Kälte gerüstet, ziehe ich meinen Zeitungskarren wie im Winterschlaf durch die Straßen, so gut kenne ich auf meiner Runde alle Häuser und weiß auswendig, wer die Zeitung bekommt und wer sie mit »Bitte keine Werbung & Gratiszeitungen« verbietet.

Nur unbewusst sickert deshalb ein Name am Klingelschild einer Villa durch meine Hirnwindungen, in deren Briefkasten ich gerade die Zeitung versenkt habe. Als ich schon zum Nachbarhaus weiterziehe, tanzt vor meinem inneren Auge ein Eiszwerg herum, bis ich kapiere, wo ich »von Lemberg« schon mal gehört habe. Bei dem seltenen Namen wohnt vermutlich genau in diesem Protzbau Julian.

Passt, denke ich abschätzig, als ich meinen Blick über die Villa mit Riesenrasen und Monsterbäumen schweifen lasse. Schon am Schlittschuhverleih kam mir der Typ vor, als gehöre ihm das ganze Eisstadion. Bestimmt hat Julian ein Zimmer, das so groß ist wie unsere ganze Wohnung. Während ich mir sage, dass ich total bescheuert sein muss, einem Typen hinterherzuspionieren, der mich überhaupt nicht interessiert, schleiche ich mich im Schutz der vielen Büsche immer weiter ums Haus, um einen Blick durch die erleuchteten Fenster und vielleicht ja auch in Julians Zimmer zu werfen.

Dann geht alles rasend schnell. Jemand packt mich von hinten, schreit »Halt!«, ich ramme reflexartig meinen linken Ellbogen in seinen Bauch, den rechten in die Nierengegend, höre einen erstickt gurgelnden Laut, der Griff wird lockerer, ich winde mich panisch, weiß, dass ich weder groß genug bin, um dem Angreifer gleichzeitig mit beiden Händen auf die Ohren oder mit der Handkante auf den Kehlkopf zu schlagen, was das Allerbeste ist, wie mir meine Mutter für Notfälle zur Selbstverteidigung eingebleut hat, erwische auch nicht die empfindlichen Weichteile mit meinem Knie, schaffe es aber, mit meinem Stiefel kräftig nach hinten gegen sein Schienbein zu treten, höre einen Schmerzensschrei, ducke mich aus dem Griff und renne um mein Leben aus dem Garten, dessen viele Büsche mir genau wie die hereinbrechende Dunkelheit zum Glück genug Schutz bieten, diesem Vergewaltiger, Einbrecher, Raubmörder oder sonst wie Perversen tatsächlich zu entkommen.

Ich halte erst ums Eck hinter dem nächsten Straßenblock an. Mein Herz rast dermaßen, dass ich glaube, mein Kopf platzt gleich. Mein Blut pulst mit gefühlten zweihundert »beats per minute« durch meine Adern, schon zittere ich auch am ganzen Körper, als hätte ich Schüttelfrost und über vierzig Grad Fieber gleichzeitig. Die Beine knicken mir weg, ich sinke gerade noch so auf ein Gartenmäuerchen und dann fange ich an zu heulen.

Theoretisch weiß ich, was mit mir los ist, aber praktisch kann ich es trotzdem nicht kontrollieren. Ich habe einen Schock. Das Adrenalin pumpt noch wild durch meinen Körper, und ich muss weinen, weil ich erleichtert bin, der Gefahr entkommen zu sein. Ich zwinge mich, mit mir selbst zu sprechen, als wäre ich meine Mutter und Krankenschwester. Ich rede beruhigend auf mich ein, dass alles gut ist und ich einfach gaaanz tief durchatmen soll, während ich mich flach aufs Gartenmäuerchen lege und die Beine erhöht an eine Toreinfassung stütze. Zum Glück kommt hier gerade niemand vorbei, der mich in meinem Elend sieht.

Als ich nach etlichen Minuten die Kälte der Mauer im Rücken spüre und nicht mehr die Schüttelfrostschockkälte, bin ich wieder in der Wirklichkeit angekommen und setze mich langsam auf.

Noch langsamer funktioniert der Reset meines Hirns. Erst nach und nach dämmert es mir, dass mich vermutlich gar kein Einbrecher oder sonst ein Krimineller überfallen hat, sondern dass derjenige *mich* für einen Einbrecher oder Kriminellen gehalten haben muss. Ich bin schließlich diejenige, die verbotenerweise in einem fremden Garten herumgeschlichen ist. Trotzdem muss man sich nicht gleich brutal auf mich stürzen, versuche ich meine Aktion zu rechtfertigen. Vor allem, da ich als Opfer so klein und wehrlos bin.

Obwohl, so wehrlos war ich ja gar nicht, meldet sich plötzlich mein Stolz. Genauso wie ich mit meiner Mutter immer gern Erste Hilfe geübt habe, hat sie mir auch Selbstverteidigung beigebracht. Damit ich mich im Ernstfall gegen irgendwelche üblen Typen zur Wehr setzen kann. Das war nun mein erster Ernstfall im Leben und es hat perfekt geklappt. Ganz automatisch habe ich das Richtige getan und mich tatsächlich aus der Gewalt des Angreifers befreien können. Ich sollte mich eigentlich total freuen.

Stattdessen geht's mir megamiserabel, weil ich an die vier einzigen Menschen denke, die mich überfallen haben könnten. Wenn ich davon ausgehe, dass *ich* der Eindringling gewesen bin, war es:

a) Herr von Lemberg

b) der Gärtner, den sie bei dem gigantischen Grundstück bestimmt haben und der in vielen Filmen sowieso immer der Täter ist

c) Julian!!!
d) sein Bruder, falls er hoffentlich einen hat.

Wenn es Julian gewesen wäre, hätte ich ihn doch an der Stimme erkennen müssen? Aber wenn ich ehrlich bin, kann ich nicht einmal mehr sagen, wie er überhaupt aussieht. Im Eisstadion habe ich nicht darauf geachtet, weil ich ihn anfangs sowieso blöd fand. Und später, als wir so superschön zusammen übers Eis geschwebt sind, fuhr Julian hinter mir, da konnte ich ihn erst recht nicht sehen. Wie soll ich dann wissen, ob das im Garten er war?

Außerdem müsste er doch vielmehr *mich* erkannt haben. Welcher Einbrecher ist schon so klein wie ich? Ich atme erleichtert durch, es kann also gar nicht Julian gewesen sein. Nur Sekunden später muss ich mir allerdings eingestehen, dass ich mit meinem Parka und meiner Kapuze überm Kopf von hinten eher wie ein Junge aussehe.

Es schneit, als ich vorsichtig zurückgehe, um meinen Zeitungskarren zu holen, der immer noch vorm Nachbarhaus steht. Ich begreife mein Glück, dass es vorhin nicht geschneit hat, weil Julian sonst im Schnee die Fußspuren meiner Größe 34 wiedererkannt hätte. Dann sage ich mir erneut, dass es sowieso nicht Julian war. Wenn ich mir jedoch den Überfall in Erinnerung rufe, kann ich spüren, dass mein Angreifer zwar groß war, aber eher schmal und biegsam, nicht wie ein Erwachsener.

Wenn das Leben ein realer Adventskalender ist und in jedem Tag was Neues drinsteckt, wird dieser Dezember echt unvergesslich für mich, aber im total üblen Sinn.

Ich ergreife bibbernd meinen Karren, komme vor Kälte bibbernd nach Hause und bibbere in meinem warmen Bett noch die ganze Nacht, weil ich mir zwar inständig wünsche, dass Julian einen Bruder hat, den ich niedergestreckt habe, aber in meinen Albträumen ausschließlich ein zusammengeschlagener Julian herumgeistert. Was, wenn ich ihn durch meine Schläge und Tritte so schwer verletzt habe, dass er nie wieder Eishockey spielen kann?

5. Dezember

Ich bibbere immer noch, als ich am nächsten Morgen aufwache. Gleichzeitig bin ich schweißgebadet von meinen Träumen, in denen Julian als rosa bandagierte Mumie übers Eis schlitterte. Da träume ich endlich mal von einem Jungen, und dann so!

Manchmal ist es echt fatal, eine Mutter zu haben, die Krankenschwester ist und viel von ihrem Job erzählt, weil man sich dann selbst zu gut mit Krankheiten auskennt. Außer für das Ende von Julians Eishockeykarriere wegen Trümmerbruchs am Schienbein bin ich nämlich bestimmt verantwortlich für sein Nierenversagen und Magenbluten. Wenn ich richtig Pech habe, oder vielmehr Julian, liegt er sogar gerade auf der Intensivstation.

Mir ist kotzübel bei diesem Gedanken.

Meine Mutter hämmert an die Badtür. »Rosa, was ist los heute? Du bist schon eine halbe Stunde da drin.«

»Ja und? Ich find's toll hier«, rufe ich patzig vom Klo zurück.

»Du warst noch nie so lange im Bad.«

Ich habe ja auch noch nie jemanden krankenhausreif geprügelt, denke ich. Plötzlich kommt mir eine Idee. Ich könnte meine Mutter bitten, heute mal nachzuschauen, ob ein Julian von Lemberg eingeliefert worden ist.

»Wir reden doch immer über alles, Rosa. Hast du vielleicht zum ersten Mal deine Tage bekommen? ... Oder ist es wegen einem Jungen? ... Hast du Liebeskummer?«

Auf keinen Fall werde ich meine Mutter jetzt noch bitten, im Krankenhaus nach Julian zu fahnden. Die würde mir doch nie glauben, dass ich *nicht* in ihn verliebt bin. Noch weniger würde sie mir glauben, wenn ich ihr die Wahrheit erzähle. Also schweige ich weiter. Meine Mutter leider nicht. »Wenn du schon nicht rauskommen willst, sag mir wenigstens, dass du nicht irgendwie krank oder verletzt bist.« Haha, ich nicht, nur ein anderer.

»Alles super«, lüge ich, »ich komm gleich.«

»Aber nicht heimlich in die Wollsocken gucken, die im Bad hängen. Adventskalender zu früh aufmachen bringt Unglück.« Meine Mutter ist so was von auf der falschen Fährte. Mir reichen die Überraschungen in meinem echten Leben völlig.

»Außerdem ist deine wunderwolle Wollsocke für heute hier draußen im Flur. Also solltest du jetzt doch endlich mal rauskommen, um dein wirklich tolles Adventskalendergeschenk auszupacken«, flötet sie begeistert durchs Schlüsselloch.

»Scheiß auf alle Adventskalender!« Ich reiße die Tür auf und dränge mich an meiner verdutzten Mutter vorbei. »Wer braucht überhaupt so einen beschissenen Monat wie Dezember mit Schlittschuhen, Überraschungen und überhaupt?« Ich schnappe mir meine Schultasche und den Wildledermantel, knalle die Wohnungstür hinter mir zu, renne drei Stufen auf einmal nehmend das Treppenhaus hinunter, ignoriere den »Rosa, warte!«-Ruf meiner Mutter, zerre das Fahrrad aus dem Flur und versuche mir meine schlechte Laune auf dem Weg zur Schule aus dem Leib zu strampeln, was mir überhaupt nicht gelingt.

Zudem habe ich in der Eile Handschuhe und Mütze vergessen und so kalte Hände, dass ich im Fahrradhof der Schule kaum das Schloss aufkriege. Ich könnte vor Wut heulen, was ich auf keinen Fall will, reiße mich deshalb zusammen, was meine Wut nur noch mehr anheizt, und als ich kurz vorm Platzen bin wie eine zu heiß und prall gefüllte Wärmflasche, kommt mir mein nächstes Opfer gerade recht.

»Guten Morgen, Floh«, gurrt Leonie in der Klasse, »du siehst gar nicht gut aus. Wenn du krank bist, solltest du lieber daheimbleiben. Sonst steckst du andere wie mich noch an, und das wäre wirklich wahnsinnig rücksichtslos von dir.«

»Hauptsache, ich werde nicht von *dir* angesteckt. Deine Logorrhö ist nämlich schlimmer als die Pest.«

»*Diar*rhö heißt das doch: Durchfall, oder? Das solltest du als Tochter einer Krankenschwester eigentlich wissen«, erwidert Leonie, die noch nicht mal begreift, dass ich mich über sie lustig mache, und steckt sich ihren Bleistift durch die geknoteten Haare. Sie sieht damit aus wie eine sanftmütige japanische Geisha, die nichts aus der Ruhe bringt. Mich bringt sie damit aber im Affentempo auf die Palme.

»Logorrhö, hab ich gesagt, nicht Diarrhö! Das heißt Sprechdurchfall! Oder sind deine Ohren bloß Schmuckständer?«, schnipse ich mit meinen Fingern an ihre Ohrringe.

»Aber ich mache mir doch nur Sorgen um dich«, stammelt Leonie.

»Du bist nicht meine Mutter. Wie's mir geht, geht dich überhaupt nichts an. Außerdem geht's mir gut, fantastisch, blendend! Das Einzige, was mich krank macht, bist du. Also halt deine Klappe, sonst sorg *ich* dafür«, sprühe ich Funken und balle dazu noch meine Faust.

Leonie starrt mich bloß noch sprachlos an. Ich weiß nicht, was in mich gefahren ist. Ich habe zwar meistens ein paar Sprüche drauf, aber so heftig bin ich sie noch nie angegangen. Ganz zu schweigen von meiner Faust. Ob ich noch zur chronischen Schlägerin werde, weil ich gestern zum ersten Mal die Hemmschwelle überschritten habe?

Als unsere Klassenlehrerin Frau Rospen eintritt, bei der wir jetzt Geschichte haben, höre ich, wie Leonie erleichtert ausatmet, weil die Gefahr – also ich – gebannt ist. Ich krame meine Dose Malzbonbons hervor. Die schmecken so altmodisch nach gütiger Oma, die ich nie hatte, dass ich mich normalerweise irgendwie geborgen fühle, wenn ich sie lutsche. Vielleicht liegt das mit dem Omagefühl auch daran, dass meine Mutter solche Malzbonbons immer von den uralten Patienten aus dem Krankenhaus mitbringt. Aber heute hilft selbst das nicht. Ich fühle mich nicht beruhigt und schon gar nicht geborgen und schiebe mir deshalb ein zweites Malzbonbon in den Mund, während Frau Rospen über Napoleons Herrschaft in Europa spricht. Leonie wirft einen vorwurfsvollen Blick auf die Bonbondose und seufzt.

»Is was, Alte?« Von Beruhigung keine Spur bei mir. Leonie hält sich die Nase zu. Mir fällt wieder ein, dass sie den Geruch von Malzbonbons nicht ausstehen kann, was mich sofort dazu bringt, die Dose erneut zu öffnen und mir ein drittes Bonbon einzuwerfen.

»Floh?«, lenkt Frau Rospen meine Aufmerksamkeit auf sich. »Du schluckst Bonbons in einer Menge und Geschwindigkeit wie Napoleon die Länder Europas. Da kannst du mir sicherlich auch sagen, welche Länder das waren?«

»Sie haben mich jetzt bloß deshalb aufgerufen, weil ich Bonbons lutsche? Das ist total unfair.« Meine Laune macht auch vor Frau Rospen nicht halt.

»Ich entnehme deinen Ausflüchten, dass du mir die Länder, die Napoleon erobert hat, also *nicht* nennen kannst.«

»Und ich entnehme Ihren Worten, dass Sie mich sowieso schon abgeschrieben haben, obwohl Sie überhaupt noch nicht wissen können, was ich weiß. Und das ist noch unfairer«, blase ich mich auf wie ein Ochsenfrosch.

»Dein Gerechtigkeitssinn in allen Ehren, Floh, aber momentan interessiert mich ganz objektiv nur, ob du mir etwas zu Napoleon sagen kannst. Wenigstens eine kleine Kleinigkeit?«

Jetzt dämmert mir wirklich, warum ausgerechnet ich drangekommen bin. Eine deutlichere Anspielung als »kleine Kleinigkeit« gibt's bei Napoleons Zwergenwuchs und mir ja wohl nicht.

»Glauben Sie, ich weiß nicht, was Sie von mir hören wollen? Napoleon und ich, ›kleine Kleinigkeit‹, alles klar, sieht man ja auf den ersten Blick. Aber den Gefallen tu ich Ihnen nicht, genau das über Napoleon zu sagen, was Sie jetzt hören wollen.« Ich werfe mir mein viertes Malzbonbon ein und zerbeiße es laut knackend.

Frau Rospen seufzt. »Floh, du lenkst ab. Ich wollte dir mit der ›kleinen Kleinigkeit‹ keineswegs zu nahe treten, sondern dir nur die Chance geben, mich doch noch an deinem möglicherweise vorhandenen Wissen über Napoleon teilhaben zu lassen. Also?«

Ganz leise habe ich das Gefühl, ein Summen zu hören. Tinnitus, denke ich spontan. Ohrgeräusche oder Hörsturz entstehen meist bei Stress, weiß ich, eben so wie bei mir gerade. Dann fällt mir aber auf, dass Leonie mich anglotzt, als wolle sie mich hypnotisieren. Während Frau Rospen nachhakt, ob ich nun noch »irgendetwas« zu Napoleon sagen wolle oder sie mir eine mündliche Sechs eintragen soll, checke ich, dass das Summen nicht aus meinem Ohr, sondern aus Leonies Mund kommt. Einen dämlichen alten Abba-Hit glaube ich zu erkennen. Leonie besitzt in Sachen Musik so viel Geschmack wie labbriges Toastbrot, also exakt keinen. Aber ausgerechnet in diesem Moment rumzusummen, als wäre alles ganz wunderbar, wo ich mich sowieso schon wie ein Vulkan kurz vorm Ausbruch fühle, lässt mich endgültig explodieren.

»Schnauze, hab ich vorhin schon gesagt. Gilt fürs Summen ge-

SPECIAL
PERFECT
OPEN
BIG!

FANTASTIC
OH!
SUPER

nauso wie fürs Sprechen. Sonst stopf ich dir alle Malzbonbons auf einmal in den Rachen. Abba ist echt so unerträglich wie du selber«, knalle ich die Dose vor ihr auf den Tisch. Leonie zuckt zusammen und schaut hilflos zu Frau Rospen. Von einer der hinteren Reihen höre ich, wie jemand tuschelt, ich sei echt ein Giftzwerg. Warum nerven mich heute bloß alle?

»Schade, Floh, dass du vorhin nicht gleich was über Napoleon erzählt hast. Offensichtlich weißt du doch mehr, als ich dachte. Immerhin kennst du ja den sogenannten Napoleon-Komplex.« Ich habe keinen Schimmer, welches Wissen mir Frau Rospen plötzlich zutraut, aber als sie es mir erklärt, wünschte ich, sie hätte geschwiegen. »Der Napoleon-Komplex besagt nämlich, dass sehr kleine Personen durch aggressive Taten oder Worte andere zu unterdrücken versuchen, um sich dadurch selbst größer und mächtiger zu fühlen.« Frau Rospen lächelt dabei nicht mehr so kühl wie vorhin, sondern eher schon wie eine auftauende Gefriertruhe. Trotzdem freue ich mich nicht, als sie hinzufügt: »So gut, wie du uns das veranschaulicht hast, werde ich von einer mündlichen Sechs wohl noch mal absehen.« Ich höre bloß die auf meine Kosten kichernden Mitschüler. Jetzt einfach »klein« beigeben kommt deshalb natürlich nicht mehr infrage.

»Das liegt nicht an denen, die nicht so groß sind wie die anderen, sondern an diesen Großen, die die Kleinen nicht ernst nehmen und sich über sie lustig machen.«

»Wenn du ernst genommen werden willst, verhalte dich entsprechend vernünftig und erwachsen, beziehe nicht alles auf dich und deine Größe und mache nicht aus einer ›kleinen Kleinigkeit‹ einen Elefanten.« Insgeheim spüre ich, dass sie nicht unrecht hat.

»Was deine Banknachbarin betrifft, so wollte sie dich keineswegs musikalisch provozieren, sondern dir nur in Sachen Napoleon helfen. Welches Abba-Lied hast du nämlich gesungen, Leonie?«

»Waterloo«, sagt sie mit vorsichtigem Seitenblick zu mir, als erwarte sie, dass ich tatsächlich noch zuschlagen würde.

Frau Rospen nickt. »Genau in dieser Schlacht im niederländischen Waterloo wurde Napoleon von den alliierten Briten und Preußen im Juni 1815 vernichtend geschlagen.«

»Geschlagen« ist auch das passende Wort für mich. Gestern habe ich jemanden geschlagen, jetzt bin ich selbst geschlagen. Eigentlich weiß ich nicht einmal mehr, wieso ich vorhin nicht gleich etwas zu Napoleon geantwortet habe, sondern ganz wie damals er den Aufstand geprobt habe. Ob das wirklich an der mangelnden Größe liegt? Frau Rospen lässt mich jetzt zum Glück in Ruhe und ich ziehe mich für den Rest des Schultages zurück so wie sich einst Napoleon auf der Insel Elba.

Als ich nach Schulschluss zu meinem Fahrrad komme, sitzt Leonie auf dem Gepäckträger wie eine Zecke auf der Haut. Sie geht mir so oft auf die Nerven und trotzdem lässt sie sich nie abschütteln. Als ich sie heute angeschnauzt habe, hat sie mir danach immer noch geholfen mit ihrem Waterloo-Gesumme.

»Was ist das eigentlich für 'ne Krankheit bei dir«, frage ich sie deshalb, »Helfersyndrom, Masochismus oder bloß geistige Abstinenz, dass du ständig an mir hängst?«

»Sei froh. So kann's ja nicht weitergehen mit dir, und ich bin die Einzige, die weiß, was mit dir los ist.«

Ich weiß nicht einmal selbst, was mit mir los ist. Dass ausgerechnet Leonie besser über mich Bescheid weiß als ich, halte ich für noch unwahrscheinlicher als jenes Faultier beim Marathonlauf, an das ich im Eisstadion denken musste. Ich verschränke ablehnend die Arme, doch sie erzählt mir unbeeindruckt ihre Theorie.

»Ich hab's schon nach dem Eislaufen geahnt. Du hast dich von mir zum Kakao einladen lassen und gar keine blöden Kommentare mehr gemacht. Gab's noch nie.« Wo sie recht hat …

»Heute warst du extrem drauf wie noch nie. Aber eben nicht mehr extrem nett, sondern das andere Extrem.« Hat sie auch recht.

»Für solche Stimmungsschwankungen gibt's in unserem Alter nur eine Erklärung: Jungs!« Sie kombiniert leider beängstigend gut, denn sie hat schon wieder recht, was ich aber keinesfalls zugeben werde.

»Da das alles im Eisstadion anfing und du dort nur mit einem einzigen Jungen zu tun hattest, ist alles klar: Du bist in Julian verliebt!« Wie kann man bloß so komplett unrecht haben?!

6. Dezember

Leonie hat echt ein Rad ab! Denn ihr sogenannter »Rat am Rad«, ich wäre nur deshalb so übel drauf, weil ich in Julian verliebt bin, war so granatenkratermäßig hirnrissig, dass ich ihn auf keinen Fall widerspruchslos hinnehmen konnte.

Doch dass wir daraufhin über eine Stunde lang im Fahrradhof miteinander geredet haben, war die allerunglaublichste Überraschung in meinem bisherigen Dezember-Lebens-Adventskalender. Eine Stunde Gespräch mit Leonie ist nämlich definitiv mehr Zeit, als ich seit Schuljahresbeginn insgesamt mit ihr gesprochen habe.

Eigentlich war das ziemlich mutig von ihr. So übel wie ich im Unterricht drauf war, hätte sie echt Angst vor mir haben und nach Schulschluss die Flucht ergreifen können. Hat sie aber nicht. Irgendwie schon auch beeindruckend, dass die sich nie abschütteln lässt. Nicht aufgeben – am Ende trifft das ausgerechnet auf die ewig brave Leonie genauso zu wie auf mich, und wir haben vielleicht mehr gemeinsam, als ich bisher dachte?

Dieser Gedanke ist nicht bloß total neu, sondern eigentlich mindestens so unglaublich und absurd wie ihre Idee, ich wäre in Julian verliebt. Ausgerechnet Julian, der mir ekelhaft rosa Schlittschuhe verliehen, mich an einen peinlichen Eiszwerg gestellt und wegen meiner Mütze, meiner Größe und überhaupt beleidigt hat. Gut, er war dabei auch schlagfertig, witzig, hat sich nicht von mir unterkriegen lassen und mir eislaufen beigebracht. Und ja, es fühlte sich wahnsinnig schön und schwerelos an. Aber verliebt? Ich kann mich nicht einmal erinnern, wie Julian aussah, und das könnte man doch garantiert, wenn man sich in jemanden verliebt hat, oder?

Leonie sieht das ganz anders. »Das kann nur Liebe sein. Aber weil du die eben noch nie erlebt hast, und deshalb nicht weißt, wie du damit umgehen sollst, bist du so launisch und schlecht drauf.«

»Ich bin so drauf, weil du mir auf die Nerven gehst mit deinem Gelaber«, versuche ich Leonie weiterhin abzuschütteln. Mal wieder völlig vergeblich.

»Genau das meine ich«, sagt sie unerschütterlich. »Du lässt deine Laune an mir aus, meinst aber gar nicht mich, sondern dich selbst, weil dich deine neuen Gefühle für Julian so durcheinanderbringen.«

Leonie sitzt auf dem Gepäckträger und klammert sich dermaßen am Sattel fest, dass sie wahrscheinlich bis zu mir nach Hause mitfahren würde. Die werde ich nicht los, so viel ist sicher. Außer ich stoße sie vom Rad. Aber nach meinem Überfall auf Julian will ich mich mit körperlicher Gewalt doch lieber zurückhalten.

»Ich hab keine Gefühle für Julian!«, brülle ich darum nur wütend.

»Und ich habe keine Lust, mich weiterhin von dir so mies behandeln zu lassen. Also helfe ich dir dabei, Julian zu erobern. Dann geht's dir nämlich besser und wir haben beide etwas davon.«

Ich fasse es einfach nicht und starre Leonie an. Die ist so vernagelt, dass sie mir niemals glauben wird, dass ich *nicht* verliebt bin. Es sei denn …

»Ich verrate dir, was mit mir und Julian wirklich passiert ist und was absolut das Gegenteil von Verliebtsein ist, und dafür lässt du mich danach endgültig in Ruhe, klar?«

Leonie nickt strahlend. »Versprochen. Also?«

Ich überwinde mich und erzähle ausgerechnet meiner nervigsten Mitschülerin mein schlimmstes Geheimnis, wie ich nämlich vermutlich Julian in seinem Garten zusammengeschlagen habe und dann abgehauen bin.

»Dass der auch so krass bescheuert ist, im Dunkeln rumzuschleichen und sich auf wehrlose Leute zu stürzen«, verteidige ich meine Aktion.

»*Du* warst so krass bescheuert, Floh. Du bist wie ein Einbrecher in ein fremdes Grundstück eingedrungen und das weißt du auch. Die spannende Frage ist nur: Was wolltest du so heimlich bei Julian?« Sie grinst so breit, als hätte sie fünfzig Zähne im Mund. Mindestens.

»Nicht, was du denkst. Ich wollte bloß wissen, ob dieser Arsch so arrogant wohnt, wie er sich im Eisstadion aufgeführt hat. Der angeblich so tolle Julian hat also nicht *mich* umgehauen, sondern ich habe *ihn* umgehauen, und zwar nur im wörtlichen Sinn. Das ist alles.«

Leonie denkt kurz nach und nickt dann. »Du hast ein schlechtes Gewissen, weil du jemanden verletzt hast und auch noch davongerannt bist, ohne dich um ihn zu kümmern, und lässt das nun an der

ganzen Welt aus. Wenn du also wüsstest, dass es Julian gut geht, wärst du auf jeden Fall beruhigt und wieder netter zu mir, zu dir selbst und zu allen anderen.«

Leonie kombiniert wirklich verdammt gut. Wenn ich in mich hineinhöre, weiß ich, dass es echt stimmt, was sie sagt. Aber das vor ihr zugeben?

Außerdem hatte sie versprochen, mich in Ruhe zu lassen, wenn ich ihr mein Abenteuer erzählt habe, was ich jetzt laut fordere. Doch Leonie meint sanft lächelnd: »Ich habe nur versprochen, dich ›danach‹ in Ruhe zu lassen.«

»Sag ich ja«, bekräftige ich nachdrücklich.

»Aber ›danach‹ ist kein zeitlich präziser, sondern überaus dehnbarer Begriff, liebe Floh«, belehrt sie mich von oben herab, sodass ich mich zusammenreißen muss, sie nicht doch noch vom Gepäckträger zu schubsen.

»Ich lasse dich sicherlich irgendwann ›danach‹ in Ruhe, aber vielleicht ist das ja erst in zehn Jahren?«, lächelt sie zuckersüß.

»Eher friert die Hölle zu, als dass wir dann noch miteinander zu tun haben«, blitze ich sie an, als sei ich der Teufel persönlich. Doch Leonie kümmert das gar nicht, sie lächelt immer weiter.

»Warten wir einfach ab, was bis dahin passiert. Jetzt lösen wir erst einmal dein Problem: Wir finden heraus, ob du Julian ernsthaft verletzt hast. Dafür musst du entweder zu ihm nach Hause gehen und ihn fragen, was du nicht tun wirst, oder du schaust unauffällig beim nächsten Eishockeyspiel zu. Falls er mitspielt, geht es ihm gut.«

Als ich über diese gar nicht so dumme Idee nachdenke, haut mich Leonie aber vollends um, und das nicht im wörtlichen Sinne.

»Weil das Ganze mein Vorschlag war, gehe ich natürlich mit dir zusammen ins Eisstadion.«

»*Wir* gehen gar nirgends zusammen hin, Leonie, schon gar nicht ins Eisstadion. Und ich gehe auch nicht allein, weil's mir nämlich egal ist, wie's Julian geht«, wehre ich wütend ab, weil sich Leonie gerade gegen meinen Willen total in meinem Leben festsetzt.

»Klar gehst du. Weil dein schlechtes Gewissen sonst jeden Tag größer wird«, lächelt sie wieder. »Nach außen bist du total ruppig.

Aber gerade *die* Leute haben oft ein ganz weiches Herz. Du kannst gar nicht anders als hingehen, wetten?«

Es macht mir jetzt fast Angst, wie sehr sie sich offenbar mit mir beschäftigt hat und wie gut sie mich kennt. Ausgerechnet sie, die ich überhaupt nicht leiden kann.

»Es gibt nur deshalb sieben Plagen, weil man dich damals noch nicht kannte, Leonie, sonst wären es acht. Und weil du so eine Plage bist, gehe ich, falls ich mich überhaupt jemals dazu entschließen sollte, irgendwann einmal ins Eisstadion zu gehen, auch ganz allein und vor allem ohne dich!«

»Du kannst mir aber nicht verbieten, auf eigene Faust hinzugehen. Vielleicht möchte ich ja am Wochenende dort Schlittschuh laufen? Wenn ich dann Julian sehe, richte ich ihm auf jeden Fall ganz liebe Grüße von dir aus.«

Leonie sieht wieder sanft wie eine Geisha aus und sagt gleichzeitig die fiesesten Dinge. Ihre Drohung, Julian von mir zu grüßen, ist die größte anzunehmende Peinlichkeit überhaupt, die ich unbedingt verhindern muss. Das kann ich aber nur, wenn ich Leonie unter Kontrolle habe, und das habe ich wiederum nur, wenn ich gemeinsam mit ihr ins Eisstadion gehe. »Das ist Erpressung!«, rufe ich deshalb.

»Das ist nur zu deinem Besten«, korrigiert sie mit einem salbungsvollen Ton, als wäre das Hirn einer Hundertjährigen versehentlich in ihren jungen Körper transplantiert worden. »Du solltest außerdem froh sein, dass ich dir helfe. Schließlich hast du sonst keine Freundin.«

»Weil ich keine Freundin will! Weil die meisten Mädchen nämlich so nervig sind wie du, Leonie.«

»Du hast keine, weil keine *dich* als Freundin will, Floh. Nicht dass dich niemand mag, aber so als beste Freundin wünscht man sich doch etwas Lieberes. Vor dir hat man eher Angst.«

Was Leonie mir da an den Kopf wirft, klingt komplett daneben. Respekt haben die Mädchen meiner Klasse, trotz meiner geringen Größe, und das finde ich auch gut so. Aber Angst? Gut, mich lässt keine wirklich nah an sich heran, aber das liegt an was anderem.

H
C
R
m
I
e
R

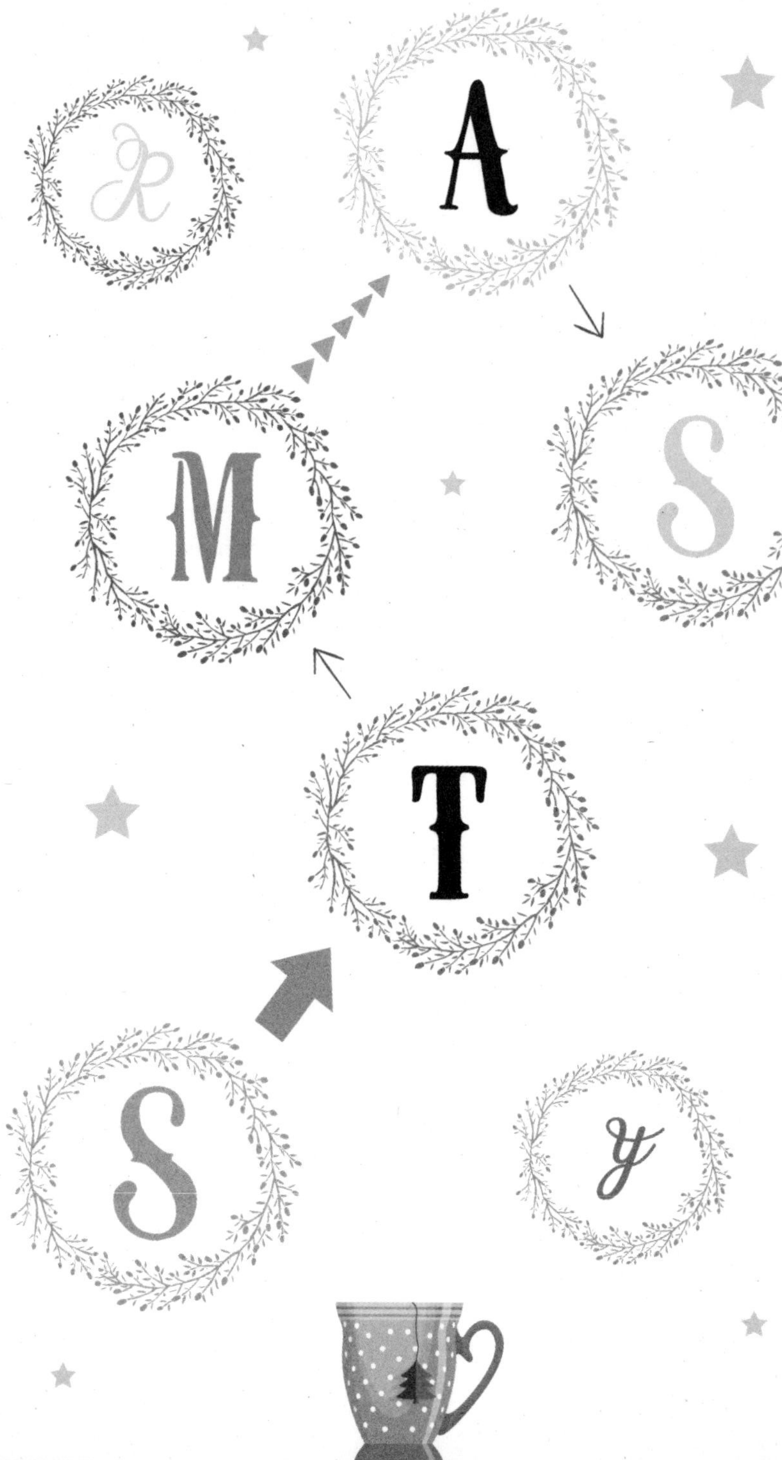
R
A
M
S
T
S
y

»Weil keine die Wahrheit erträgt. Ich verstell mich eben nicht, sondern sag immer, was ich denke, und das hält keine aus.«

»Fast keine. Außer mir«, lächelt Leonie schon wieder wie eine Geisha, die absolut nichts aus der Ruhe bringt und die mich dadurch umso mehr aus *meiner* Ruhe bringt.

»Gut, wenn du die Wahrheit erträgst, sogar sehr gut. Die Wahrheit ist nämlich, dass du absolut unerträglich bist mit deinen uraltmodischen Belehrungen. Und jetzt hau ab.« Wie gerne würde ich doch noch handgreiflich werden, denn natürlich bleibt Leonie seelenruhig sitzen.

»Das mit den Belehrungen kommt dir nur so vor, weil du noch zu unreif bist, um mich wirklich zu verstehen.«

Ach du dickes Ding, jetzt dreht sie total durch. »Du würdest perfekt zu Julian passen, du bist genauso eingebildet wie er.«

»Das ist nicht Einbildung, sondern Selbsterkenntnis. Du wirst schon noch begreifen, was du an mir hast. Immerhin habe ich dir heute echt super geholfen.« Leider kann ich das nicht leugnen. Aber deshalb muss das noch lange nichts heißen.

»Das ist bloß die Ausnahme, die die berühmte Regel bestätigt. Denn obwohl du zufällig neben mir sitzt, werde ich eher Olympiasiegerin im Eiskunstlauf als du meine beste Freundin.«

»Ist nur eine Frage der richtigen Formulierung, Floh. Wenn nicht Freundinnen, könnten wir immerhin so was wie ›beste Feindinnen‹ sein«, schlägt Leonie vor. Gar nicht blöd. »Denn du weißt doch aus Mathe: Minus mal minus ergibt plus.«

Ich glaube, das mit dem ›Gar nicht blöd‹ muss ich zurücknehmen. »Das würde nicht mal gelten, *wenn* wir zwei Minus wären. Aber ich bin ein Plus, Leonie, und plus mal minus gibt bloß minus. Also lassen wir das schön bleiben mit uns beiden.«

Ich hätte wissen müssen, dass Leonie das letzte Wort behalten will. »Wenn du dich als Plus bezeichnest, obwohl du keine beste Freundin hast, musst du mich auch als Plus bezeichnen. Dann gibt's zusammen erst recht wieder plus. Egal wie du's also drehst und wendest, wir passen nicht übel zusammen und deshalb gehen wir auch gemeinsam zu Julians Eishockeyspiel.«

Sie sitzt auf meinem Gepäckträger wie ein feister Buddha, der sich höchstens durch ein Erdbeben wegbewegen lässt, und zückt ihr Handy. »Ich schau gleich mal nach, wann die Jugendmannschaft das nächste Mal im Eisstadion spielt.«

Leonie hat mich in der Hand, auch wenn mir das überhaupt nicht passt. Das mit der besten Freundin kann sie trotzdem vergessen. Schlimm genug, dass ich einen Tag im Eisstadion mit ihr verbringen muss. Obwohl das immer noch besser ist, als wenn sie allein hinginge, um Julian Grüße von mir auszurichten. Der würde ja auf völlig falsche Ideen kommen. Mein Magen fühlt sich jetzt ganz flau an. Klar, dass mir schon beim Gedanken an diese peinliche Situation übel wird. Dann fällt mir aber eine ganz reale Situation ein, bei der mir noch viel übler wird:

»Wir können gar nicht unauffällig beobachten, ob Julian wirklich unverletzt ist und Eishockey spielt. Das ist kein Fußballmatch, bei dem fünfzigtausend Zuschauer auf den Tribünen sitzen. Der erkennt uns doch sofort.«

Ich sehe Leonie panisch an und hoffe diesmal tatsächlich, dass sie wieder eine gute Idee hat. Leonie zeigt mir erst ihr sanftes Geisha-Lächeln, doch dann zieht sie wie ein Bankräuber ihre Mütze tiefer ins Gesicht und ihren Schal bis an die Nase hoch, sodass nur noch ihre Augen herausschauen.

»Und, würdest du mich so erkennen?«, fragt sie dumpf unter dem Schal. Ich schüttle anerkennend den Kopf.

»Dann sehen wir uns Sonntag um vierzehn Uhr, vorm Eisstadion«, zieht sie den Schal wieder vom Gesicht, steckt ihr Handy ein und steigt plötzlich ganz freiwillig von meinem Rad. Fast bin ich jetzt froh, dass ich mich nicht allein zu Julian wagen muss, und lächle Leonie erleichtert an. Sie macht sich auf den Weg aus dem Fahrradhof. Am Tor dreht sie sich noch einmal winkend zu mir um.

»Aber verliebt bist du trotzdem in Julian.«

Ich wünschte, ich hätte jetzt doch einen Hörsturz. Stattdessen spüre ich ein noch übleres Gefühl im Magen als zuvor. Hoffentlich ist das echt nichts Schlimmes.

7. Dezember

Als ich am Sonntag mit meinem Rad zum Eisstadion komme, ist mein Magengrummeln noch kein bisschen besser geworden. Zudem rauscht mein Kopf wie ein Fernseher mit Störung.

Ich habe kaum geschlafen, fast die ganze Nacht musste ich an Julian denken. Was, wenn er heute beim Eishockeyspiel nicht dabei ist? Habe ich ihn dann wirklich ernsthaft verletzt? Wie werde ich das aber herausfinden? Und vor allem wiedergutmachen? Oder mache ich mir unnötig Sorgen, weil es gar nicht Julian im Garten war, sondern vielleicht doch sein Bruder?

Je intensiver ich nachdenke, desto sicherer bin ich, Julian bei dem Überfall hinter mir gespürt zu haben. Ich kann absolut nicht sagen wieso, aber ich habe so ein bestimmtes, tiefes Gefühl …

Ich wünsche mir so sehr, ihn heute zu sehen. Aber nur weil ich hoffe, er ist unverletzt, nicht weil ich in ihn verliebt bin, wie Leonie behauptet. Von Jungs und Liebe hat sie so viel Ahnung wie ein Grünkohl von Hip-Hop.

Leonie erwartet mich schon am Eingang. »Du bist zu spät«, mahnt sie mich statt einer Begrüßung, sodass ich fast wieder bereue, mich auf den Deal mit ihr eingelassen zu haben.

»Im Gegensatz zu dir hatte ich ein schwerwiegendes Klamottenproblem«, verteidige ich mich. »Ich habe nämlich bloß zwei Winterjacken, den Parka und den Wildledermantel, und beide kennt Julian. Also konnte ich sie wohl kaum heute anziehen, weil er mich sofort erkennen würde«, erkläre ich, während ich mein Rad abschließe.

»Jungs haben für so was wissenschaftlich erwiesen eine Wahrnehmung wie eine überfahrene Amöbe. Der hätte das nie gemerkt.« Leonie mustert mich kritisch. »Dagegen siehst du mit deinen zwei oder drei dicken Pullis übereinander und der Jeansjacke drüber nicht nur viel auffälliger aus als in deinen Jacken, sondern vor allem auch … äh …«

»Spuck's aus! Oder soll ich dir extra auf den Rücken hauen?«

»Die Parameter von horizontaler zu vertikaler Achse haben sich etwas ungünstig verändert«, erklärt sie zögerlich. Ich schaue sie auffordernd an: »Heißt auf Deutsch?«

Leonie wird rot im Gesicht. »Du siehst fast so breit wie hoch aus.«

»Hab ich auch bezweckt«, lüge ich, »damit mich Julian auf keinen Fall erkennt.« Ich ziehe meinen Schal zur Nase hoch und die Bommelmütze tief herunter. »Gehn wir«, sage ich forsch, obwohl mir die Beine zittern und sich mein Magen anfühlt, als hätte ich frisch geschliffene Schlittschuhe verspeist. Dann betrete ich das Eisstadion, wo alles begann.

Doch bevor ich mich in der Erinnerung verlieren kann, reißt mich Leonie schon wieder aus meinen Gedanken, indem sie mir die wichtigsten Eishockeyregeln erklärt, die sie natürlich im Internet nachgeschaut hat, um sich wie immer brav vorzubereiten.

»Ein Spiel dauert eine Stunde, unterteilt in drei Drittel zu je zwanzig Minuten. Das Spielgerät heißt Puck und ist eine flache Gummischeibe. Auf dem Eis sind außer dem Torwart je fünf Feldspieler. Die fünf Spieler bilden eine Reihe und sind immer nur ein paar Minuten im Spiel, dann wechseln sie mit der nächsten Reihe ab, dann kommt wieder die nächste aufs Eis, bis die ersten Spieler erneut dran sind.«

»Klingt mehr nach Rentnertreff als nach Sport, wenn die länger auf der Bank hocken, als sie auf dem Eis sind«, sage ich und denke schon wieder an Julian, der mir den Supereishockeyspieler wahrscheinlich bloß frech vorgegaukelt hat. Aber heute werde ich diesen eingebildeten Typen endgültig entlarven, nicke ich entschlossen und fühle mich dabei trotzdem irgendwie enttäuscht.

Als Leonie ungefragt zwei Kakao kauft und mir einen davon hinhält, meine ich misstrauisch: »Glaub nicht, dass du mich jetzt immer mit so was ködern kannst und ich deshalb deine Freundin werde.«

»Ist nur, weil's hier so kalt ist«, murmelt sie entschuldigend unter ihrem Schal und schiebt mich zu den fünf Zuschauerreihen an den Längsseiten der Eisfläche, die man kaum als Tribüne bezeichnen kann. Außer uns sind bloß ein paar Eltern da, die ihren Eishockeynachwuchs anfeuern.

Ich blinzle aus meinem Sehschlitz zwischen Mütze und Schal auf die Eisfläche und denke sofort zurück ans Schlittschuhschweben – Eiszwerg Peter – Julian – unsere erste Begegnung ...

Mir wird noch flauer und ich kriege keinen Schluck Kakao runter.

Außerdem müsste ich zum Trinken den Schal vom Gesicht ziehen. Die Gefahr, dass mich Julian dabei sieht, ist mir zu groß. Vor allem, wenn ich heute offenbar aussehe wie eine gemästete Hummel.

Das Spiel hat bereits begonnen. Wir setzen uns schnell an den Rand der Tribüne, damit uns auch wirklich niemand bemerkt.

Beim ersten Blick auf die Eishockeyspieler haut's zur Abwechslung fast einmal mich um. Denn alles was ich sehe, sind circa zwanzig Jungs der Heimmannschaft, die – bis auf die Torwarte – in ihren Riesenausrüstungen mit Schulterpolstern, Knie- und Ellbogenschützern, Helmen mit Gesichtsgitter und noch bunten Zahnschutzschienen total gleich aussehen, als wären sie nicht bloß Zwillinge, sondern Zwanziglinge. Es ist absolut unmöglich, sie zu unterscheiden. Dazu stehen auf den Trikots gar keine Namen, nur Nummern. Ich starre fassungslos hin.

Da habe ich mir Sorgen gemacht, ob Julian mich erkennt, stattdessen kann ich *ihn* überhaupt nicht erkennen. Leonie schaut zur Abwechslung einmal genauso fassungslos.

»Wir müssen einfach hoffen, dass er ein Tor schießt, dann wird sein Name bestimmt durchgesagt, damit man applaudieren kann«, sagt sie dumpf durch ihren Schal.

»Was glaubst du, wie geht ein Eishockeyspiel aus: mit zwanzig Toren, damit jeder aus der Mannschaft mal drankommt?«, frage ich bissig. »Da werden höchstens drei bis fünf Namen genannt. Das war die totale Schnapsidee von dir.«

»Du hattest keine bessere, wenn ich dich daran erinnern darf.« Leonie hat leider recht.

»Wenn wir jetzt schon da sind, bleiben wir halt auch«, seufze ich. »Vielleicht schießt Julian ja wirklich ein Tor. Wenn nicht, können wir uns immer noch was überlegen.« Ich bin überrascht von mir selbst. »Wir« habe ich gerade gesagt und damit Leonie und mich gemeint. Bin ich doch schon so weit, sie als eine Art Freundin zu sehen?

Aber darüber kann ich jetzt echt nicht nachdenken, schließlich habe ich ein ganz anderes Problem namens Julian. Vielleicht erkenne ich ihn ja trotz Helm, Mundschutz und Polstern an seinem Fahrstil. Ich starre minutenlang die Jungs der Heimmannschaft an, was echt schwierig ist, weil immer wieder Spieler und Reihen wechseln und ich in dem Durcheinander kaum weiß, wen ich bisher schon beobachtet habe. Da ich mich sowieso nicht mehr genau erinnern kann, wie Julian aussah, wie groß er war, außer dass er weit größer war als ich, was natürlich keine Kunst ist, und dass er eher schmal war, weiß ich eigentlich nichts. Schmal sieht in diesen riesig aufgeblasenen Astronautenanzügen kein einziger Eishockeyspieler aus. Es ist mir ein Rätsel, wie sie sich überhaupt bewegen können. Und so schnell! Die flitzen noch viel rasanter übers Eis, als Julian es mit mir getan hat.

Ich denke an mein Schlittschuhlaufen auf dem Eisplatz des Weihnachtsmarktes, wo ich nicht einmal halb so schnell war und sich auch kein kribbelndes Fliegegefühl eingestellt hat. Die Jungs hier auf dem Eis kommen dagegen aus dem Kribbeln kaum raus, vermute ich. Der Vergleich mit den Astronautenanzügen ist echt nicht verkehrt, denn die fliegen tatsächlich wie schwerelos dahin. Total fasziniert schaue ich zu und beschließe, es unbedingt doch noch einmal selbst im Eisstadion zu versuchen. Wahrscheinlich muss man wirklich auf einer großen Fläche Schwung holen, um dieses wunderschön schwerelose Schweben zu fühlen, wie ich es mit Julian erlebt habe.

Plötzlich fällt mir mein Magen bis auf meine Füße. Inmitten der Jungs fahren auch Mädchen mit! Zwar hatte ich vorhin schon einige Zöpfe aus den Helmen gucken sehen, aber ich dachte, das sind halt langhaarige Typen. Jetzt sehe ich, dass der Torwart seinen Helm abnimmt, um sich neu zu richten und die Haare aus dem Gesicht zu schütteln. Es ist ganz eindeutig ein weibliches Wesen. Wenn Julian also immer mit Mädchen zusammen trainiert und so schwerelos übers Eis flitzt, dass es bei beiden kribbelt, kribbelt es dann auch automatisch »richtig«, und ich habe sowieso keine Chancen, falls ich mich in Julian verlieben sollte?

Ein Rippenstoß von Leonie reißt mich aus meinen Befürchtungen. »Die Sorge, ob du Julian verletzt hast, hättest du dir sparen können. Bei den Bodychecks, die er gewohnt ist, hat er deinen Angriff höchstens so gespürt wie einen Mückenstich.«

Leonie hat recht, begreife ich schlagartig. Die Spieler stoßen sich, rammen sich im Kampf um den Puck die Ellbogen in die Seite, fighten hart, geben alles, stürzen übereinander aufs Eis, und obwohl es aussieht, als wären alle Knochen gebrochen, stehen sie in Sekundenbruchteilen wieder auf und flitzen weiter, als wäre überhaupt nichts geschehen.

Ich kriege plötzlich eine Riesenwut auf Julian, weil ich mir wegen ihm drei Tage lang umsonst Sorgen gemacht und schlaflose Nächte gehabt habe. Dabei hat er mich wahrscheinlich nicht mal richtig gespürt und fährt längst gemeinsam mit seiner Freundin übers Eis.

»Mir reicht's«, stehe ich mit Tränen in den Augen auf.

»Was soll denn das heißen?«, zupft mich Leonie am Ärmel.

»Ich geh bloß mal kurz raus«, schüttle ich sie ab und verschwinde im Vorraum. Aber ich will nicht »bloß mal kurz raus«, ich will weg für immer. Nur habe ich keine Lust, das mit Leonie zu diskutieren. Ich haue einfach ab.

Als ich bereits die Eingangstür des Eisstadions erreicht habe, schießt mir mein eigener Gedanke wie ein Eishockeypuck durchs Hirn: Einfach abhauen, das hast du schonmal getan, Floh. Abhauen – aufgeben – abhauen – aufgeben, saust der Gedankenpuck immer weiter quer durch meinen Kopf. Das bin doch gar nicht ich, denke ich. So wollte ich nie sein. Daheim werde ich mich wieder mit der Frage quälen, was genau im Garten mit Julian passiert ist, wenn ich nicht endlich herausfinde, wie es ihm wirklich geht. Ich kann nicht einfach abhauen und aufgeben.

Ich lasse den Türgriff los und drehe mich wieder um. Auf dem Weg zurück laufe ich an einem Heft des Eissportvereins vorbei. Ich bin schon fast in der Eishalle angekommen, als mich ein Gedanke durchzuckt: Julian. Vielleicht ist er im Vereinsheft abgebildet, vielleicht sogar ohne Helm, vielleicht erfahre ich so mehr über ihn?

Im Vorraum ist kein Mensch zu sehen. Wie einen Schatz nehme ich das Heft an mich, ziehe mich in den Umkleidebereich zurück, wo ich damals meine Schlittschuhe angezogen habe und plötzlich Julian vor mir stand, mir meine Handschuhe gereicht und mich bei meinem ersten wackligen Gehen auf Schlittschuhen festgehalten hat …

Es ist erst sechs Tage her und kommt mir doch fast ewig vor. Als ich das Heft behutsam Seite für Seite aufschlage, habe ich Herzrasen und mir wird heiß und kalt.

Nach einigen Berichten über die Eiskunstlaufabteilung steht endlich etwas über Eishockey drin. Aber erst geht's um die Erwachsenenmannschaft, dann die Kinder, und als ich schon kaum mehr daran glaube, fast am Ende des Hefts, endlich doch noch um die Juniorenmannschaft ... mit Gruppenbild ... ohne Helme ... mit vier Mädchen ... und mit Julian! Erste Reihe, Dritter von links, neben einem Torwart: »Julian von Lemberg«.

Als ich sein Gesicht auf dem Bild sehe, wundere ich mich, dass ich vergessen konnte, wie er aussieht. Er kommt mir total vertraut vor, so als würde ich ihn gut kennen. Die dunklen Haare, die hellen Augen, die ausgeprägte Nase, der etwas spöttisch lächelnde Mund. Ich lächle mit, obwohl gleichzeitig ein Blitz aus meinem Kopf in den Magen einschlägt. Es ist eine Mischung aus Krampf und Kribbeln, aus Schmerz und Glück, es ist anders als auf dem Rummelplatz, es ist viel intensiver, es ist ...?

Ich schlucke verkrampft. Das kann nicht sein, schärfe ich mir ein. Du hast Julian nur ein einziges Mal gesehen, Floh. Gut, zwei Mal, wenn man den Überfall mitzählt. Du findest ihn arrogant. Du hast dich über ihn geärgert. Du hast wegen ihm diese rosa Schlittschuhe tragen müssen. Du kannst gar nicht in so jemanden verliebt sein!

Ich entkrampfe mich. Wahrscheinlich habe ich tatsächlich nur einen seit Tagen nervösen Magen. Dann sehe ich Julians Bild erneut an. Mein Bauch flattert wieder. Du findest ihn witzig, Floh. Du findest ihn schlagfertig. Du bist großartig mit ihm zusammen Schlittschuh gelaufen. Du findest, dass er total interessant aussieht. Du lächelst gerade sein Bild an und vergisst dabei alles andere um dich herum. Du empfindest ein bisher unbekanntes, irre aufregendes Gefühl.

Es *muss* nicht Liebe sein.

Könnte es aber.

Ich werde jetzt einfach total mutig in diese Eishalle zurückgehen und es herausfinden!

8. Dezember

Innerlich unglaublich aufgewühlt wegen Julian, aber äußerlich so cool, als wäre überhaupt nichts geschehen, sinke ich ein paar Augenblicke später wieder neben Leonie auf die Zuschauertribüne.

»Dein Schal«, zischt sie mir zu. Ich schaue sie verständnislos an. »Willst du, dass Julian dich erkennt?«

Ja. Nein. Weiß nicht. Ich kann keinen klaren Gedanken fassen. Besonders cool sehe ich wohl doch nicht aus.

»War dir übel? Du bist so käsig, dass deine Sommersprossen richtig rausstechen.« Leonie zieht mir den Schal bis über die Nase hoch und deckt meine Sommersprossen zu, die bei mir auch im tiefsten Winter nicht verschwinden.

»Du hast zwei Tore der Gegner und eins für unsere Mannschaft versäumt. Aber Julians Namen haben sie nicht genannt.«

Liebe macht blind, sagt man. Ich glaube, Liebe macht dumm. Ich hätte in der Vereinszeitung Julians Trikotnummer erkennen und mir merken können. Dann wüsste ich, ob er mitspielt. Aber ich habe nur sein Gesicht angeschaut. Jetzt kann ich unmöglich vor Leonie das herausgerissene Bild hervorziehen. Sie würde sofort triumphieren, dass ich das nur deshalb getan habe, weil ich wirklich in Julian verliebt sei. Falls ich tatsächlich verliebt sein sollte, bleibt das mindestens so lange mein Geheimnis, bis ich mir ganz sicher bin.

Ich starre wieder gebannt auf die Spieler. Ob ich jetzt Julian erkenne, nachdem ich mir sein Gesicht so lange angeschaut habe?

Aber es ist nach wie vor unmöglich für mich, unter all den gleich aussehenden Eisastronauten den richtigen zu entdecken.

Als das erste Drittel ohne weiteres Tor zu Ende geht, meint Leonie: »Lass uns verschwinden, hier passiert nichts mehr. Außerdem ist es eiskalt.«

Ich zucke zusammen. »Das Spiel ist doch noch gar nicht aus.«

»Es ging ja auch nie ums Spiel, sondern um Julian.«

Eben, denke ich. Deshalb werde ich auch ganz sicher noch nicht gehen. Leonie erklärt es mir aber genau andersherum.

»Erstens können wir nicht erkennen, ob er mitspielt. Aber zweitens ist das auch völlig egal, denn bei den Schlägen, die ein Eishockeyspieler gewohnt ist, kannst du ihn nicht ernsthaft verletzt haben. Also ist drittens alles gut und du kannst beruhigt nach Hause gehen.«

»Ich finde Eishockey aber ein total interessantes Spiel«, sage ich möglichst überzeugt.

»Du meinst, du findest Julian einen total interessanten Spieler und hoffst, ihn doch noch zu sehen, wenn du bleibst«, grinst Leonie.

Ich werde keinesfalls zugeben, dass sie recht hat. »Denk, was du willst, und mach, was du willst«, zucke ich möglichst cool die Schultern, hoffe dabei aber inständig, sie geht wirklich.

»Mach ich auch«, nickt Leonie tatsächlich, »ich hau ab. Außerdem hat durch die Unterbrechungen das erste Drittel statt zwanzig Minuten fast doppelt so lange gedauert. Wenn das so weitergeht, ist das ganze Spiel statt in einer erst in zwei Stunden vorbei, dann kriege ich meinen Bus gar nicht mehr.«

Obwohl ich nur deshalb auch im Winter immer Rad fahre, weil die Buskarte zu viel kostet, war ich noch nie so froh darüber wie heute.

»Tut mir aber schon leid, dich allein zu lassen«, bedauert Leonie. Mir nicht, verkneife ich mir ein Lächeln.

Dann ist Leonie endlich fort und das zweite Drittel beginnt. Ich ziehe die Heftseite unter meinem Pulli hervor und schaue verstohlen auf das Bild. Die »11« steht auf Julians blauem Trikot. Ich sehe aufs Eis, und sehe keine Nummer elf. Das Spiel kommt mir auch total chaotisch vor, und prompt fällt ein Tor für die gegnerische Mannschaft. Ich zwinge mich zur Ruhe. Es sitzen noch so viele Spieler auf der Bank, in einer der nächsten Reihen *muss* die 11 dabei sein.

Endlich, die übernächste Reihe springt aufs Eis. Ich sehe die 11. Ich sehe Julian! Ich warte auf einen Blitz im Kopf, einen Stich im Herz, ein Kribbeln im Bauch.

Nichts.

Denn ich erkenne immer noch nicht, ob es wirklich Julian ist. Der Helm versteckt die Haare, das Gesichtsgitter verbirgt Augen und Nase, der Zahnschutz entstellt den Mund. Es könnte jeder sein.

Im ersten Drittel habe ich fast vor Wut geweint. Jetzt im zwei-

ten Drittel vor Enttäuschung. Lass mich im dritten Drittel bitte vor Glück weinen, appelliere ich an mein Schicksal.

Dann wird das Match abgepfiffen, die Heimmannschaft hat haushoch verloren, fast prügeln sich die Spieler untereinander. Ich habe weder vor Glück geweint noch Julian erkannt und genauso wenig herausgefunden, ob ich verliebt bin.

Als ich enttäuscht heimgehen will, begegnet mir im Vorraum der Mann, der Julian wegen des Eiszwergs angebrüllt hatte. Weil er ein Mann ist, hat er folglich laut Leonie eine Wahrnehmung wie eine überfahrene Amöbe. Er wird mich nicht wiedererkennen, wenn ich ihm jetzt eine Frage stelle. Aber er kennt Julian und ist der Einzige, der mir wirklich weiterhelfen kann. »Tschuldigung«, nuschle ich ihn schnell an, bevor ich den Mut wieder verliere.

»Hm?«, brummt er.

»Wissen Sie, ob Julian von Lemberg heute hier mitgespielt hat?« Ich spüre sofort, dass ich rot werde.

»Hm«, nickt er, mustert mich kurz und geht ohne ein weiteres Wort in die Eishalle hinein.

Oh nein! Was, wenn er denkt, dass ich ihn sprechen will, und Julian jetzt zu mir holt? Ich muss sofort verschwinden.

Draußen ist es schon dunkel, als ich mein Rad aufschließe. In meinem improvisierten Winterlook bin ich total durchgefroren. Trotzdem entscheide ich spontan, doch noch nicht heimzufahren, denn mir kommt eine geniale Idee. Wenn ich mich verstecke und Julian herauskommt, kann ich ihn im Licht der Eingangstür sehen, ohne selbst gesehen zu werden.

Vielleicht werde ich dann endlich wissen, ob ich wirklich in ihn verliebt bin oder ob ich mir doch nur Sorgen gemacht habe.

Als ich mich gerade hinter ein Gebüsch zwänge, stürmt ein total wütender Junge mit blonden Stoppelhaaren und einer Sporttasche über der Schulter heraus. Er sucht die Reihe Fahrräder ab, in der auch meins steht, das ich schon aufgeschlossen habe. Mist, was wenn er jetzt ausgerechnet mein Rad klaut?

Er klaut wirklich. Aber kein ganzes Rad, sondern nur einen Sattel. Nicht meinen, trotzdem ist das eine absolute Gemeinheit. Ich überlege, aus meinem Versteck zu springen, doch was kann ich allein gegen diesen viel größeren, kräftigen Typen ausrichten? Zusammenschlagen ist diesmal jedenfalls keine Option. Als ich mein Handy heraushole, packt der Typ bereits seine Sporttasche auf ein Mofa und braust davon. Ich muss mir das Kennzeichen merken, springe also aus dem Gebüsch und sehe, wie er den Sattel im Fahren einfach zur Seite schleudert und weiterfährt. Ich spurte hinterher und suche minutenlang die Stelle ab, an der es passiert sein könnte. Endlich sehe ich ein Metallrohr aus dem Schnee ragen und befreie den Sattel. Halb erfroren vom Suchen, aber stolz über meinen Fund komme ich mit der Trophäe zum Eisstadion zurück. Gerade als ich den Sattel wieder auf das dazugehörige hammergeile Trekkingrad montieren will, höre ich hinter mir den Besitzer brüllen.

»Hey, gib sofort den Sattel her, du mieser kleiner Dieb!«

Eine kräftige Hand packt meine Schulter und reißt mich herum. Vor mir steht Julian.

Ich glaube, er ist ebenso überrascht wie ich. In mir tobt das totale Gefühlschaos: Verwunderung wegen seines Vorwurfs, Freude ihn wiederzusehen, Wut über seine Ungerechtigkeit. Ich finde darum überhaupt noch keine Worte, ganz im Gegensatz zu ihm.

»Du? Das hätte ich echt nicht von dir gedacht, obwohl ich dir wirklich viel zugetraut hätte. Aber klauen ist ja wohl das Allerletzte«, entreißt er mir wütend den Sattel. »Ein echter Floh halt, klein und gemein. Schade, dass ich kein Insektenspray dabeihabe.« Verächtlich schaut er mich an.

Das reicht, um meine Gefühle zu sortieren. Bahn frei für die Wut.

»Du glaubst, nur weil ich deinen Sattel in der Hand habe, will ich ihn klauen, und fragst nicht mal, was los ist? So wie du glaubst, wer Rosa heißt, mag Rosa? Behalt deinen blöden Sattel genauso wie deine blöden Vorurteile!«

Wie kann man sich nur so in jemandem täuschen? Ich stolpere zu meinem Rad. Bloß weg hier. Doch schon ist Julian wieder da und hält mich an meinem Arm. Ich spüre die Wärme seiner Hand durch

meinen Körper fließen. Warum finde ich jetzt immer noch, dass er total gut aussieht? Das ist echt der absolut falsche Zeitpunkt für so einen Gedanken.

»Nur mal angenommen, du hättest den Sattel nicht klauen wollen. Warum hattest du ihn dann in der Hand?«

Ich habe das Gefühl, sein Blick durchbohrt mich, und weiß schon, dass es total unglaubwürdig klingen wird, als ich antworte: »Ich habe ihn bloß zurückgebracht, weil ein andrer ihn geklaut hat.«

»Du hattest schon bessere Sprüche drauf«, sagt Julian prompt.

»Aber keine ehrlicheren«, fällt mir immerhin ein.

»Wie willst du den Sattel zurückgeholt haben? Hast du den Dieb vielleicht k. o. geschlagen?« Julian lacht hochmütig.

Wenn der wüsste, wen ich wirklich k. o. geschlagen habe. Andererseits, da er darüber lacht und mir so etwas also gar nicht zutraut, hat er auch keine Ahnung, dass ich ihn im Garten überfallen habe. Ich fühle mich kurz erleichtert, doch dann kommt mein nächster Wutschub: Der Typ unterschätzt mich damit ja total und meint, dass ich mich überhaupt nicht wehren oder jemanden überwältigen kann.

»Du traust mir so was also nicht zu? Bloß weil ich klein bin, ja? Ganz schön voll, deine Vorurteilsschublade.«

»Von mir aus«, seufzt er, »du hast den Dieb also zusammengeschlagen und ihm dann den Sattel abgenommen.« Ich merke an seinem Tonfall, dass er mich nicht ernst nimmt, und würde ihm gern genau diese Story auftischen, aber lügen geht gar nicht, finde ich.

»Hab ich nicht«, sage ich und freue mich an seinem verblüfften Gesicht. »Du hast mich bloß nicht in Ruhe erzählen lassen.«

Julian nickt schließlich. »Dann erzähl jetzt.«

»Ein Typ kam raus, Sporttasche, blond, kurze Stoppelhaare, so alt wie du, hat den Sattel abgeschraubt, ist aufs Mofa gestiegen, hat den Sattel im Davonfahren weggeworfen, ich bin hin und hab ihn zurückgeholt. Ende der Geschichte.«

»Niemals!«

Total enttäuscht, weil Julian mir immer noch nicht glaubt, zerre ich mein Rad aus dem Ständer.

»Nichts gegen dich, Floh …«

»Ach nein?«

»Nach deiner Beschreibung muss das Max sein, unser Mannschaftskapitän. Der macht so was nicht, nie im Leben.«

»Wenn du das so genau weißt, muss den Sattel wohl doch ich geklaut haben. Schade dass er nicht rosa ist, hätte mir echt noch besser gefallen«, sage ich höhnisch.

Ich steige aufs Rad, will endlich weg, doch Julian hält mich erneut am Arm. Diesmal spüre ich keine Wärme mehr, sondern nur Schmerz.

»Ich würde dir ja gern glauben, aber was du erzählst, klingt echt absurd. Ausgerechnet unser Kapitän, warum sollte er das tun? Und vor allem: Was hast du sonst hier gewollt? Es ist keine Eislaufzeit. Vielleicht wolltest du dich an mir rächen, weil ich dir rosa Schlittschuhe verpasst, dich an einen Eiszwerg gestellt hab und mit dir viel zu schnell für eine Anfängerin übers Eis gerauscht bin.«

Nie hätte ich geahnt, dass Julian an Rache denken könnte. Aber widerlegen kann ich es nicht, denn ich sitze in der Falle. Sonst müsste ich nämlich sagen, warum ich wirklich hier bin: wegen ihm. Das kann ich unmöglich, und auch nicht zugeben, dass es deshalb ist, weil ich ihn zusammengeschlagen habe. Erst recht nicht kann ich sagen, ich wollte dich hier einfach gern noch mal sehen, um zu wissen, ob ich in dich verliebt bin. Vor allem, weil es nicht mehr stimmt. Wie konnte ich je glauben, ich sei vielleicht in Julian verliebt? Wer mir einen Diebstahl zutraut und mich für eine Lügnerin hält, kann nicht mein Freund sein.

»Wenn du meinst«, zucke ich die Schultern. Ich nehme gerade noch Julians ebenfalls enttäuscht wirkenden Blick wahr, als ich in die schützende Dunkelheit radle und mich bitter beglückwünsche, dass ich im »Guinnessbuch der Rekorde« einen Ehrenplatz bekäme: Vor einer Stunde habe ich mich vielleicht in Julian verliebt und jetzt ist alles schon wieder vorbei, bevor es überhaupt begonnen hat.

9. Dezember

Als ich am Montag die Schule betrete, bin ich zum ersten Mal in meinem Leben geschminkt. Eigentlich finde ich, schminken ist ein bisschen wie sich verstecken, nicht so sein wollen, wie man ist, oder sich verkleiden, jemand anderer, besserer, schönerer sein, und damit irgendwie unehrlich sein. Ich bin aber, wie ich bin, und genau so soll man mich mögen – oder eben nicht.

So wie Julian, der mich eindeutig nicht mag, wie ich gestern feststellen konnte. Aber ich mag ihn auch nicht mehr. Genau deshalb sind meine roten Lider jetzt dunkel überschminkt. Ich habe so viel geheult, dass ich in meinem eigenen See hätte schwimmen gehen können. Zum Glück hatte meine Mutter Spätschicht im Krankenhaus. Bis sie heimkam, lag ich schon im Bett und hatte sicherheitshalber noch mein »Bitte nicht stören«-Schild an meine Zimmertür gehängt.

Als ich mich heute früh im Spiegel betrachtet habe, dachte ich, mich sieht die asiatische Halbschwester von Leonie an. Nicht dass ich schön wie eine japanische Geisha gewesen wäre. Ich war die Variante mit den kaum mehr sichtbaren, zugeschwollenen Augenschlitzen.

»Oh-oh«, unkt Leonie, als ich mich schweigend neben sie setze. Heute habe ich nicht einmal Lust auf einen verbalen Schlagabtausch. Es fühlt sich an, als sei mit meinen Tränen auch meine ganze Energie davongespült worden.

»Lass mich raten, Floh. Entweder bedeutet deine Bemalung, du bist symbolisch auf dem Kriegspfad. Das heißt, du hast gestern noch Julian getroffen und machst dich jetzt auffälliger, um seine Aufmerksamkeit auf dich zu lenken und ihn richtig zu erobern. Oder du bist in einer anderen Art Krieg. Vermutlich auch mit Julian, weil es gestern irgendwie noch ganz übel mit ihm gelaufen ist, du deshalb geheult hast und jetzt mit dem Schminken deine verquollenen Augen kaschieren willst.«

Leonie wird mir in den letzten Tagen immer unheimlicher. Woher weiß sie so genau, was los ist, ohne dass ich überhaupt etwas sagen muss?

»Kann es sein, dass du gar nicht mit dem Bus heimgefahren bist, sondern mir nachspioniert hast, du ›Stalking Queen‹?«, frage ich misstrauisch und in Anlehnung an ihren Lieblings-Abba-Hit »Dancing Queen«.

»Hab ich also richtig vermutet«, strahlt sie. »Ist ja auch nicht schwer, wenn man dich eine Weile kennt und weiß, dass du noch nie geschminkt warst. Also, welche von beiden Varianten ist es?«

»Wenn du mich angeblich so gut kennst, kannst du's dir ja selbst ausrechnen.« Ich habe keine Lust, ihr die Liebeskatastrophe meines Lebens auf die Nase zu binden.

Leonie durchbohrt mich fast mit ihrem Blick von der Seite. »Dann tippe ich auf Variante ›b‹, Krieg: Irgendwas lief gestern so furchtbar schief, dass selbst jemand wie du mal heulen musste. Du hast Augenlider wie Schildkrötenpanzer.«

»Julian ist einfach ein Arsch! Nie wieder will ich was mit ihm zu tun haben.«

»Wenn dich Julian dermaßen aus der Fassung bringt, heißt das nur eins: Du bist wirklich in ihn verliebt, genau wie ich gesagt habe.«

Leonie klatscht vor Freude auch noch in die Hände. Ich fasse es nicht.

»Du liegst so falsch wie 'ne Ziege im Tigerkäfig. Julian ist das absolut Letzte und das hab ich ihm gestern auch gesagt.«

»Du bist ihn wirklich so übel angegangen?«

»Ich lass doch nicht auf mir sitzen, ich würde seinen Sattel klauen.«

»Er hat dich als Diebin beschimpft?«

»Wäre angeblich mein Racheakt wegen dem Schlittschuhlaufen.«

»Das heißt, er hat sich also sofort noch an dich erinnert?« Leonie wirkt jetzt beängstigend begeistert bei ihrer Fragerei.

»Aber gleich losgezofft, ohne mir überhaupt zuzuhören.«

»Deshalb heißt das Ganze auch nur eins: Da Julian genauso heftig auf dich reagiert hat wie du auf ihn, ist er genauso verliebt in dich wie du in ihn.«

Mir haut's fast die Glubscher aus dem Kopf, so entgeistert starre ich Leonie an.

»Ist doch ganz logisch«, fährt sie allen Ernstes fort. »Was sind die

SPECIAL
PERFECT
OPEN
BIG!

FANTASTIC
OH!
SUPER

intensivsten Gefühle, die es überhaupt gibt? Liebe und Hass. So wie ihr beide miteinander um- oder besser aufeinander losgeht, sieht das zwar aus wie Hass, aber tief in euch ist es Liebe. Heißt ja nicht umsonst, was sich liebt, das neckt sich.«

»Das war kein Necken mehr, das war Kampf. Und komm mir jetzt nicht mit solchen Typen, die ihre Frauen deshalb schlagen, weil sie sie angeblich ja auch so lieben.«

Meine Mutter behandelt im Krankenhaus immer wieder mal Patientinnen, die sich offiziell bei einem Sturz verletzt haben, obwohl klar ist, dass meistens ein Mann wortwörtlich seine Hand im Spiel hatte.

»Spinnst du, Gewalt geht gar nicht«, regt sich Leonie jetzt auch voll auf. »Bei Julian und dir ist es nur deswegen grad so heftig, weil ihr zwar voll verliebt seid, euch aber noch nicht richtig traut. Da brauchen die Gefühle einfach ein anderes Ventil.« Leonie nickt mich total überzeugt an.

»Weil du mit deinen null Kontakten zu Jungs auch so sensationell gut Bescheid weißt, wie Liebe funktioniert.«

»Man muss nicht alles aus eigener Erfahrung wissen. Man muss nur wissen, wo man das Wissen findet. Wofür gibt's Zeitschriften und Internet?«, widerspricht mir Leonie triumphierend.

»Dann beglück doch andere mit deinen Psychotipps. Ich brauche nämlich keine, weil mir Julian seit gestern total egal ist.«

»Stell dir mal vor, ihr liebt euch bald so sehr, wie ihr jetzt noch miteinander streitet«, ignoriert sie völlig meine Ansage. »Wow, das werden Wahnsinnsküsse sein«, schmachtet Leonie mit einer ungeahnten Leidenschaft, als wäre sie selbst verliebt.

Als Frau Rospen zum Deutschunterricht eintritt, verstummt Leonie endlich und ich habe fünfundvierzig Minuten lang Zeit, mich mit ihrer Gefühlstheorie zu befassen.

Bis zur großen Pause bin ich total mies drauf und rege mich über ihre bescheuerte Behauptung auf. Ich bin definitiv nicht in Julian verliebt und er ganz sicher auch nicht in mich.

Bis zur zweiten großen Pause steigt meine Laune, und ich finde den Gedanken super, dass Julian in mich verliebt ist. Denn dann habe ich ihn so dermaßen abblitzen lassen, dass es ihm heute vielleicht sogar schlechter geht als mir, und das gönne ich ihm.

Bis zum Schulschluss bin ich fast wieder glücklich. Der Schock über Julians Vorwurf gestern hat mich vielleicht wirklich nur deshalb so getroffen, weil ich mich ein bisschen verliebt gefühlt habe.

Wenn Leonies Liebestheorie tatsächlich stimmen sollte, empfindet Julian das Gleiche für mich wie ich für ihn.

Ich will meine vielen verwirrenden Gefühle aber erst einmal für mich selbst sortieren und keinesfalls mit Leonie teilen. Sofort nach dem Gong stürme ich deshalb aus der Klasse und flitze nach Hause.

Als ich heimkomme, ist meine Mutter gar nicht da. Seltsam, denke ich, ihre Schicht fängt doch erst viel später an. In der Wohnküche liegt ein Zettel für mich: »Sorry, mein Schatz, hab vor meiner Arbeit noch was Wichtiges zu erledigen. Dein Lieblingsessen steht auf dem Herd, hau rein! Kuss, Mama«.

Ich bin gerührt, dass meine Mutter extra mein Lieblingsessen gekocht hat. So als hätte sie gespürt, dass es mir heute nicht gut geht, und mich damit trösten wollen. Jetzt geht's mir aber sowieso schon wieder besser und mit einer Riesenportion Risotto im Bauch gleich noch viel mehr, freue ich mich. Solange der Reis mit viel Gemüse und Käse drin aufwärmt, hole ich aus meinem Zimmer das Eishockeyphoto mit Julian. Gestern habe ich es vor Wut in den Papierkorb geknallt, jetzt streiche ich es sorgfältig wieder glatt, um ihn besser darauf anschauen zu können.

Ganz allein, ohne Leonies Aufbauhilfe, kommen mir neue Zweifel. Julian hat gestern gesagt, er sei mit mir als Schlittschuhanfängerin viel zu schnell übers Eis gerauscht. Heißt das, er hat mir mehr zugetraut als anderen Anfängern? Oder heißt das nicht eigentlich, er hat mich absichtlich in Gefahr gebracht? Er hat in Kauf genommen, dass mir etwas passiert, ich wirklich aus der Kurve fliege und an die Bande knalle, weil ich ihm einfach total egal bin.

Ich höre Julians arrogantes Lachen im Ohr, als er sich über mich lustig gemacht hat, dass ich sowieso zu klein sei, um jemanden k. o.

schlagen zu können. Gleich darauf klingt seine Stimme in meinem Kopf: »Ein echter Floh halt, klein und gemein. Schade, dass ich kein Insektenspray dabeihabe.«

Schluss – aus – vorbei!

Einer, der so was sagt, kann mich nicht lieben, und ich ihn schon gar nicht. Ich springe auf, knülle das Bild voller Wut zusammen, hole ein Feuerzeug, zünde das Papier an und sehe zutiefst befriedigt zu, wie Julian im Spülbecken verbrennt. Ich lösche ihn aus und damit auch alle Gefühle für ihn.

Als das Feuer aus ist, fühle ich mich leer. Aber nur wo Leere ist, gibt es Platz für Neues, sagt meine Mutter.

Leider hat das naheliegendste Neue ausgerechnet mit dem abgeschlossenen Alten zu tun. Ich habe nämlich ausgemacht, heute wieder Flyer für den Weihnachtszirkus zu verteilen. Obwohl ich überhaupt keine Lust mehr auf Schlittschuhlaufen habe, weil es immer zu sehr mit Julian verknüpft sein wird, muss ich meinen Zweitjob antreten. Das zusätzlich verdiente Geld werde ich dann eben anders ausgeben, zum Beispiel meiner Mama mal was echt Großes, Teures zu Weihnachten schenken.

Als ich diesmal mit meinen tausend Flyern bewaffnet über den Weihnachtsmarkt ziehe, gelingt mir kein Lächeln. Erst recht nicht, als ich am Eislaufplatz vorbeikomme.

Ein glückliches Pärchen fliegt Hand in Hand lachend übers Eis, als wolle es mein Unglück noch verhöhnen.

Ein Mann hängt seiner Frau am Lebkuchenstand ein großes Herz um mit der Aufschrift »Ich liebe dich«.

Ein junges Paar stößt mit Glühwein an und küsst sich verliebt.

Überall wo ich hinschaue Glück und Liebe.

Plötzlich sehe ich auch noch jemanden, mit dem ich hier überhaupt nie gerechnet hätte und der mir unbeabsichtigt, aber trotzdem schmerzhaft meine Einsamkeit wie einen Messerstich ins Herz rammt. Meine Mutter steht nämlich an einem Stand mit Christbaumschmuck, hält glücklich strahlend ein glitzerndes rotes Herz in der Hand, das sie einem eng neben ihr stehenden, sie umarmenden, mir völlig unbekannten Mann zeigt, der ihr jetzt auch noch ebenso glücklich strahlend einen nicht enden wollenden Kuss gibt.

Ich bilde mir das nur ein, hämmert es in meinem Kopf. Das ist gar nicht wahr. Ich muss nur die Augen schließen, dann verschwindet das alles. Ich blinzle ungläubig, aber das Bild der beiden Küssenden bleibt.

Meine Mutter hat doch keinen Freund.

Meine Mutter misstraut allen Männern, weil sie erst von meinem Erzeuger im Stich gelassen und dann noch von ihrem eigenen Vater abgeschoben worden ist.

Meine Mutter hat mir ständig eingeschärft, mich auf niemanden so leicht einzulassen, niemandem gleich zu vertrauen.

Aber jetzt hat meine Mutter trotzdem genau das getan, wovon sie mir immer abgeraten hat.

Sie hat nur deshalb mein Lieblingsessen gekocht, damit sie sich ohne schlechtes Gewissen mit diesem Typen treffen kann.

Ich habe nicht nur Julian verloren, sondern auch sie.

Es ist das schlimmste Jahr meines Lebens, der schlimmste Monat im schlimmsten Jahr meines Lebens, der schlimmste Tag im schlimmsten Monat im schlimmsten Jahr meines Lebens – und noch so viele weitere mögliche schlimmste Tage in diesem schlimmsten Monat des schlimmsten Jahres meines Lebens vor mir.

Ohnmächtig umfallen und erst wieder am 1.1. erwachen, das wünsche ich mir. Das neue Jahr kann schließlich nur besser werden.

Mir graut vor allen noch vor mir liegenden Dezembertagen.

10. Dezember

Ich suche den Knopf, der mich per Schleudersitz aus meinem Leben katapultiert, und finde ihn nicht. Ich bin festgeschnallt auf meinem persönlichen Sturzflug, von Leonie genervt, von Julian verletzt und von meiner Mutter betrogen.

Zum Glück hat sie wenigstens Spätschicht und ich muss sie nach dem Schock auf dem Weihnachtsmarkt nicht sehen. Früh an diesem Abend verkrieche ich mich ins Bett, ziehe mir die Decke über den Kopf und sehne mich nach der Zeit zurück, als ich noch an Märchen glaubte: Schlafen wie Dornröschen, irgendwann von Julian wachgeküsst werden und alles ist gut. Dabei hasse ich Märchen. Die Storys viel zu simpel, die Prinzessinnen zu passiv, die Prinzen zu glatt. Vor allem hasse ich »Dornröschen«. Steckt ja auch schon der Name Röschen drin, also Rosa. Natürlich ist mir klar, dass ich mich gerade selbst am meisten hasse, weil ich dabei war, mich in einen Idioten statt in einen Prinzen zu verlieben. Ich kenne mich seit fast vierzehn Jahren und habe mich doch komplett in mir getäuscht. Das macht mir Angst.

Zu all dem habe ich mich in meiner Mutter ebenso getäuscht. Ich grüble darüber, seit wann mit diesem Typen was läuft und warum es mir bisher gar nicht aufgefallen ist. Obwohl, sie hat sich über jede Adventskalenderwollsockenüberraschung mehr gefreut als ich. Mütter halt, dachte ich. Aber wenn Leonie mal wieder recht hat, haben ihre Verliebtheitshormone sie so euphorisch gemacht.

An dem Morgen nach dem Überfall auf Julian, als ich so lange im Bad war, hat sie mich gefragt, ob ich Liebeskummer habe, ob es was mit einem Jungen zu tun hat. So was hat sie mich noch nie gefragt, das war das allererste Mal. Vielleicht weil sich bei ihr zur Zeit selbst alles um Liebe dreht?

Ein Gutes hat das mit meiner Mutter. Es lenkt mich von meinem Problem mit Julian ab. Trotzdem will ich ihr aus dem Weg gehen. Denn es wird mir verdammt schwerfallen, die Klappe zu halten und so zu tun, als hätte ich nichts gesehen. Ich muss nämlich abwarten, ob sie mir von sich aus von ihrem Typen erzählt. Wenn nein, ist es nichts Richtiges und bald wieder vorbei. Wenn ja, ist der Kahn so gut wie abgesoffen. Dann taucht der Kerl irgendwann bei uns auf oder zieht sogar bei uns ein oder wir müssen zu ihm ziehen. Selbst wenn der 'ne Villa wie die von Lembergs hat, kann er allein drin verschimmeln und Weihnachten fällt komplett für mich aus, wenn als XXL-Geschenk ihr Typ unterm Baum hockt.

Am nächsten Morgen erwartet mich meine Mutter angezogen und strahlend, als ich aus meinem Zimmer schlurfe, dabei müsste sie nach ihrer Spätschicht noch total müde sein und im Bett liegen. Höchst verdächtig also.

»Morgen, mein Schatz. Gut geschlafen, hoffe ich? Und was Schönes geträumt?« Sie gluckst vor Freude, als hätte sie selbst einen tollen Traum erlebt. Einen Liebestraum natürlich.

»Ich hab dir vom Bäcker ein frisches Schokocroissant mitgebracht, fühl mal, es ist noch warm.« Sie presst mir die Tüte kurz an die Wange, dann öffnet sie sie und hält sie mir unter die Nase. »Und wie gut das riecht. Am liebsten würde ich es selbst vernaschen.«

Vernaschen, eindeutige Anspielung auf ihren Typen, der sie gestern wahrscheinlich auch vernascht hat. Mir vergeht der Appetit. »Kannst du selbst essen, keinen Hunger.«

Meine Mutter sieht mich prüfend an. »Bist du krank, Rosa? Ist irgendwas mit dir?«

»Alles bestens.« Ich zwinge mich zu einem Lächeln. »Und bei dir, Mama, auch alles gut? Kann es sein, dass du irgendwie anders bist?« Ich kann einfach meine Klappe nicht halten.

»Aber nein, wie kommst du darauf? Alles wie immer«, lügt sie, obwohl überhaupt nichts wie immer ist. Es fällt mir so schwer, mich nicht zu verraten. »Wir könnten nächstes Wochenende auf den Weihnachtsmarkt gehen. Oder warst du schon dort?«, frage ich ganz unschuldig.

»Nur kurz, mit Kollegen.«

Von wegen Kollege. Der Typ hat ihr 'ne Intensivpflege geboten, als wär sie seine Privatpatientin. Ich schnappe mir jetzt doch das Schokocroissant. Meine Mutter strahlt. »Hab ich's nicht gesagt? Das ist zum Anbeißen. Freut mich, dass es dir schmeckt.« Tut es nicht. Aber solange ich den Mund voll habe, kann ich mich nicht mit einer falschen Bemerkung verraten.

C
H
R
I
m
e
R

R
A
M
S
T
S
y

»Und wegen dem Wochenende, lass uns das spontan entscheiden. Je nachdem, wie müde ich von meiner Schicht bin.«

Schon klar, müde von ihrer Extraschicht mit dem »Kollegen«. Aber das mit dem Weihnachtsmarkt war sowieso bloß ein Vorwand von mir, um herauszukriegen, ob sie sich vielleicht wegen gestern verrät.

»Wenn du nichts dagegen hast, lege ich mich dann hin, Rosa. War 'ne anstrengende Nacht.« Sie sieht alles andere als angestrengt aus. Es ist so eindeutig, was mit meiner Mutter los ist, dass ich fassungslos bin, wieso mir das bisher überhaupt nicht aufgefallen ist.

»Aber vorher musst du unbedingt noch in deinen Adventskalender schauen. Heute ist was besonders Schönes für dich drin.«

Ich kaue weiter, als ich durch die Wohnung laufe, um die richtige Wollsocke zu finden. Ich entdecke sie auf dem Stück Wäscheleine im Flur, direkt vor meiner Zimmertür. Schwarz ist die Stricksocke mit der Nummer für heute. Passend zu meinem Gemütszustand.

Meine Mutter kann's kaum erwarten, bis ich hineinschaue. »Aber vorsichtig, mein Schatz, wertvoll.«

Ich rechne mit einer Schachtel teurer Pralinen. Doch als ich die Socke mithilfe eines Stuhls herunterpflücke, spüre ich fast nichts darin. Bei dem federleichten Inhalt muss es etwas ganz anderes sein. Jetzt bin ich doch neugierig. Meine Mutter klatscht vor Freude in die Hände. Sie benimmt sich schon genau wie Leonie in den letzten Tagen.

»Du wirst begeistert sein, es ist wunderschön«, jubelt meine Mutter, als ich in die Socke greife und irritiert einen merkwürdig geformten Gegenstand herausziehe. Nicht be-, sondern entgeistert starre ich auf diese Adventskalenderüberraschung.

Es ist das rote Glitzerherz, das meine Mutter gestern am Weihnachtsmarktstand ihrem Herzensbrecher gezeigt hat.

Hat der Typ das Herz gekauft, um mich für sich zu ködern? Aber dann müsste sie ihn doch jetzt erwähnen?

Haben sie sich gestern verkracht und sie schenkt das Herz jetzt mir statt ihm? Aber dann wäre sie doch nicht so übergut gelaunt?

Hat sie von Anfang an geplant, das Herz nicht ihm, sondern mir zu schenken, weil es doch nichts Ernstes mit ihm ist?

Meine Mutter reißt mich aus diesem Gedankenlabyrinth.

»Ist das Herz nicht wunderschön?« Wunderschön ist es tatsächlich, aber es wird mich immer an den furchtbaren Tag gestern erinnern. Das halte ich nicht aus. »Es ist zu zerbrechlich, ich pack's lieber weg.« Ich lasse das Herz in die Socke zurückgleiten.

Meine Mutter nimmt sie mir aus der Hand. »Aber nein, Rosa. Häng's in deinem Zimmer an die Deckenlampe. Da stößt niemand dran, aber du kannst es jeden Abend im Lichtschein glitzern sehen.«

»Wir hängen's lieber erst an Weihnachten an unseren Christbaum.«

»Das eine schließt das andere ja nicht aus, mein Schatz.« Ungefragt hängt meine Mutter das Glitzerherz an meine Deckenlampe, schaltet sie ein und leuchtet mit dem angestrahlten Herz um die Wette. Für mich sieht es aus wie eine feuerrote Warnlampe. Höchste Alarmstufe, und somit höchste Zeit zu verschwinden, bevor meine Tränen wie aus einer Sprinkleranlage hervorschießen.

Ich quetsche ein »Danke« heraus, um meine Mutter nicht misstrauisch zu machen, und flüchte in die Schule. Wobei man kaum von Flucht sprechen kann, denn ich komme natürlich vom Regen in die Traufe. Hier lauert Leonie auf mich, der ich leider nicht so leicht aus dem Weg gehen kann wie meiner Mutter, die mich aber ganz genauso anstrahlt.

»Ich habe gestern unsere weitere Vorgehensweise ausgearbeitet, Strategiepapier nennt man so etwas.« Sie zeigt mir eine Aufstellung in ihrem Handy. Mir ist klar, woher sie diese Idee hat. Ihr Vater ist irgendein total wichtiger Manager.

»Jetzt kommt erst einmal *meine* Aufstellung, Leonie«, unterbreche ich sie. »Erstens: ›Unsere‹ ist schon mal ganz falsch. Es ist ›mein‹ Leben und es sind darum ganz allein ›meine‹ Entscheidungen.«

»Aber es sind meine tollen Tipps. Du wirst begeistert sein.«

Genau das hat meine Mutter vorhin auch gesagt, bevor das Glitzerherz aus der Socke kam. Das reicht für einen Tag. Ich brauche keine Katastrophe mehr.

»Zweitens: ›Vorgehensweise‹ ist auch falsch, denn das Kapitel Julian ist abgeschlossen, also werde ich nicht mehr ›vorgehen‹.«

»Du kannst überhaupt nicht anders als *vor*gehen, denn zurück geht nicht mehr, nachdem du am Eisstadion wieder mal abgehauen bist.«

Bloß nicht verunsichern lassen, schon gar nicht von Leonie.

»Drittens: ›Strategiepapier‹ ist ebenso falsch. Es steht nicht auf Papier, nur im Handy, wo du es löschen kannst. Und zwar jetzt!«

»Klar kann ich's löschen, ist sowieso alles hier drin gespeichert.« Leonie tippt an ihre Stirn und löscht die Datei tatsächlich. Aber die superschlaue Einserschülerin drückt mir natürlich trotzdem noch ihre Strategie aufs Ohr. »Wie ich schon erwähnt habe, bist du ja erneut abgehauen vorm Eisstadion. Genau wie im Garten. Also musst du auch wieder den ersten Schritt auf Julian zugehen, um das zwischen euch zu klären.«

»Zwischen uns ist nur ein Nichts und deshalb gibt es auch nichts zu klären.«

»Wenn du jetzt kneifst, Floh, verpasst du vielleicht die Liebe deines Lebens.«

»Ersetze Liebe durch Ärger. Davon hab ich schon genug. Darum kneife ich auch nicht, ich erkenne nur Zeitverschwendung«, stelle ich richtig. Mal wieder völlig unbeeindruckt von meiner Abwehr steckt sich Leonie ihren Geisha-Bleistift ins Haar und lächelt sanft.

»Es heißt nicht umsonst: Aller guten Dinge sind drei. Du wirst sehen, Floh, eure dritte Begegnung wird wunderschön.«

»Du meinst ›Begegnung der dritten Art‹«, sage ich trocken, »danke, kein Bedarf. Typen sind das Letzte.« Ich kriege gerade auch den Glitzerherzkerl von meiner Mutter nicht aus dem Kopf.

»Du siehst das viel zu pessimistisch.«

»*Realistisch*, Leonie«, korrigiere ich. »Und wenn du richtig zählen könntest, würdest du wissen, dass ich schon drei Begegnungen mit Julian hinter mir habe: im Eisstadion, im Garten und noch mal vorm Eisstadion. Alle drei furchtbar. Von wegen ›Aller guten Dinge sind drei‹. Das Thema ist durch.«

»Der Überfall im Garten zählt nicht. Da habt ihr gar nicht miteinander geredet.«

»Stimmt, es war mehr Schlagen und Würgen.«

»Du kannst auch immer noch nicht sicher sein, ob er's wirklich war. Deshalb zählen nur die zwei Mal im Eisstadion und deshalb musst du genau dort noch einmal hin. Sonst verpasst du dein eigenes Happy End.«

»Leonie, du strahlst zwar wie ein Atomkraftwerk. Aber merk dir: Atomkraftwerke sind out, sie werden stillgelegt. Drum fahr endlich runter und schalt ab, du Super-GAU der Liebe.«

Leonie schaut nur kurz ausgebremst, bevor sie einfach weitermacht. »Du wirst noch an mich denken, wenn du jetzt nicht auf mich hörst. Weil du dich nämlich ewig damit quälen musst, was wirklich alles passiert wäre, ob ihr zusammen wärt und du glücklich mit Julian wärst.«

»Ich *bin* glücklich!«

Leonie macht in Sekundenschnelle ein Bild von mir mit ihrem Handy. »Ich schick dir das ab jetzt jeden Tag zu, damit du auch nicht vergisst, wie Glücklichsein deiner Meinung nach aussieht.«

Schon klingelt es auf meinem Handy. Obwohl ich das Bild sofort löschen sollte, ist meine Neugier doch zu groß. Als ich allein bin, betrachte ich es entsetzt. Leonie hatte wieder einmal recht. Wenn *das* Glück ist, was in meinem Gesicht steht, ist Atomkraft absolut ungefährlich, war Napoleon zwei Meter groß und ein Faultier das schnellste Lebewesen der Welt.

Allein schon deshalb kann ich aber auf keinen Fall eine neue Begegnung mit Julian riskieren. Denn in mich kann man sich gar nicht verlieben. Wer so aussieht wie ich, kann nur noch als abschreckendes Beispiel dienen.

Ich fasse einen Entschluss: Ich werde Leonie ab jetzt total ignorieren, Julian nie mehr wiedersehen, und dann wird mein Leben bald wieder so einfach sein, wie es bis zum 1. Dezember war.

Die folgenden Tage überstehe ich trotz dieser Vorsätze nicht so grandios, wie ich mir gewünscht habe. Eher fühlen sie sich an wie kalte, zähe Fleischstücke, auf denen ich endlos herumkauen muss, bevor ich sie überhaupt schlucken kann. Mein Leben liegt mir schwer im Magen, als mir am Donnerstag noch ein ganz unvermuteter Happen serviert wird.

11. Dezember

Ich sehe aus wie ein ausgestopfter Bär und genauso steif fühle ich mich auch mit zwei Paar Handschuhen übereinander, Schal und Mütze, einem Fleecepulli unter meinem gefütterten Wildledermantel und langen Flauschunterhosen. Es ist so eiskalt geworden, dass ich am Donnerstag sofort nach Schulschluss mit dem Zeitungskarren losgehe, damit ich daheim bin, bevor es dunkel und noch eisiger wird.

Äußerlich derart gegen die Minusgrade gerüstet, rüste ich mich innerlich gegen die Konfrontation mit der Von-Lemberg-Villa und den damit verbundenen Erinnerungen. Es ist nur ein Haus mit Garten wie jedes andere auch, ein Briefkasten wie jeder andere, und es sind Bewohner wie alle anderen, die bei diesen Temperaturen nicht im Garten sein werden, mache ich mir Mantra-artig Mut, als ich mich nähere.

Alles geht gut. Kein Licht, kein Bewohner, die Zeitung verschwindet im Briefkasten und ich schnell weiter zum Nachbargrundstück. Als ich dort die Zeitung einwerfe, höre ich abrupt Bremsen quietschen, Reifen schlittern und jemanden fragen: »Floh?! Bist du das?«

Ich brauche mich nicht umzudrehen, um zu wissen, wem die Stimme gehört. Ich will die dazugehörige Person nie wiedersehen. Ich schnappe meinen Karren und eile weiter. Doch Julian ist so hartnäckig wie bei unserer ersten Begegnung im Eisstadion. Mit seinem super Trekkingrad auf seinem nicht geklauten Sattel ist er viel schneller als ich und natürlich schneidet er mir wieder den Weg ab.

»Hab ich's doch gewusst«, lächelt er mich an, als wäre nie etwas gewesen. »Ich hab dich gleich an deinem Mantel erkannt.«

»Glückwunsch, dann funktionieren ja immerhin deine Augen. Im Gegensatz zu ein paar anderen Sinnen.« Die Sache mit dem Insektenspray habe ich noch nicht vergessen.

»Wenn du das mit dem Sattel meinst, gut dass du's gleich ansprichst. Ich hab echt gehofft, dass ich dich noch mal treffe.«

»Das beruhte nicht auf Gegenseitigkeit«, versuche ich mich gar nicht erst einlullen zu lassen.

»Kann ich mir vorstellen. Ich war ein Idiot.«

Allerdings. Aber dass er das selbst zugibt? Ich sehe ihn ausnahmsweise sprachlos an.

»Ich hab Max im Training abgefasst und ihm gesagt, auf einer Kamera vom Eisstadion sieht man, wie er meinen Sattel klaut.«

»Es gibt Überwachungskameras?« Mir wird übel, denn dann hat Julian auch gesehen, wie ich mich im Gebüsch wegen ihm auf die Lauer gelegt habe.

»Eine, aber die filmt nur den Eingangsbereich. Ich hab trotzdem gehofft, er fällt drauf rein.«

Ich atme auf. »Lass mich raten: Er *ist* drauf reingefallen?«

»Aber so was von. Als ich gesagt habe, ich zeige ihn an, hat er zugegeben, dass er den Sattel geklaut hat.«

»Aber wenn nicht, würdest du mir immer noch nicht glauben.« Es rutscht mir einfach raus. Offenbar kann ich nicht so schnell vergessen, wie er mich behandelt hat.

»Ich konnt's mir halt nicht vorstellen. Aber Max hat dann erzählt, dass unser Trainer stinksauer war wegen unsrer Niederlage. Er hat ihm gesagt, im nächsten Spiel ist er nicht mehr unser Kapitän.«

»Sah auch echt chaotisch aus«, nicke ich in Erinnerung daran.

»Du hast es dir angeguckt?«

Mist, voll verraten. Jetzt denkt Julian bestimmt, ich war nur deshalb dort, weil ich ihn beim Schlittschuhlaufen so toll fand, dass ich ihn auch beim Eishockey bewundern wollte. Wann tut man so was? Wenn man in jemanden verliebt ist. Mist, Mist, Mist! Was sag ich denn jetzt bloß?

»Äh …«.

Julian grinst. Klar, kann mir denken, was er sich denkt. »Dann warst das tatsächlich du, von der mir unser Eiswart erzählt hat?«

Auch das noch! Eindeutiger kann's nicht mehr aussehen. Los, Floh, ermahne ich mich, dir fällt doch sonst immer ein Spruch ein. Aber nichts rührt sich in meinem Kopf. Ablenken, denke ich, ablenken hilft auch oft.

»Lenk nicht ab«, sage ich darum zu Julian, »du hast das mit Max noch nicht fertig erzählt. Also: Er nicht mehr Kapitän, und dann?«

»Jetzt bin ich Kapitän. Aber obwohl ich nichts für diese Entscheidung vom Trainer kann, hatte Max natürlich 'ne Stinkwut auf mich, und die hat er an meinem Rad ausgelassen.«

»Du meinst, genauso wie ich nichts dafür kann und du deine Wut auch an mir ausgelassen hast?« Ich habe wieder Oberwasser, weil mein Ablenkungsmanöver geklappt hat.

»Sorry, sah halt eindeutig aus mit dem Sattel in der Hand, auch wenn's echt nicht fair von mir war.« Schon cool, dass er sich für seinen Fehler einfach so entschuldigt.

»Ich sag's ja: Immer auf die Kleinen.« Ich seufze gespielt, denn ich bin so froh, dass ich's schon wieder mit Humor nehme.

»Heißt das, es ist wieder klar mit uns, oder muss ich noch vor dir auf die Knie fallen?« Er macht ernsthaft Anstalten dazu, aber ich sehe sein Lächeln in den Mundwinkeln und winke lässig ab. »Lass mal, wär schade um deine Hose.«

Julian lacht. »Danke. Und bevor uns alles abfriert, könnten wir drinnen weiterreden?« Er nickt in Richtung Villa. Trotz der Eiseskälte wird mir jetzt wahnsinnig heiß. Er bittet mich herein, er mag mich, juble ich innerlich. Doch meine Antwort darauf, was ich wirklich im Eisstadion wollte, steht immer noch aus, und das kann ich unmöglich zugeben. In Julians Zimmer sitze ich erst recht in der Fragenfalle. Warum muss das Leben so kompliziert sein?

Während ich noch hadere, hat Julian schon meinen Zeitungskarren gepackt und schiebt mit der einen Hand ihn, mit der anderen sein Rad zurück.

»Ich muss noch Zeitungen austragen«, wehre ich halbherzig ab.

»Nach 'ner Pause bist du wieder aufgewärmt, dann geht's doppelt so schnell.«

Wenn ich mich weigere, mit ihm reinzugehen, heißt das für ihn bloß eins, fällt mir nun ein: dass ich Angst habe. Also atme ich tief durch und folge Julian ins Haus.

Der breite Flur der alten, aber total irre umgebauten Villa ist mindestens so groß wie unsere ganze Wohnküche. Julian kann ich niemals zu mir einladen, schießt mir durch den Kopf, als wir die Jacken an die Garderobe hängen. Extrem vorsichtig ziehe ich meine Stiefel aus. Auf keinen Fall soll Julian sehen, dass ich rote lange Flauschunterhosen trage.

»Tee? Kaffee? Kakao?«, fragt er mich und geht schon in die Küche vor. Außer ihm scheint niemand daheim zu sein. Kaffee wäre cool, denke ich, aber mein Herz rast jetzt schon. Kakao wäre lecker, wirkt aber so kindisch. »Tee«, sage ich deshalb, während ich schockiert auf meine Füße schaue.

»Schwarz, grün, rot, weiß, Frucht, Kräuter?«, ruft Julian.

»Rot«, antworte ich, weil ich an meine roten Unterhosen denke, um die ich mir völlig umsonst Sorgen gemacht habe. Ich habe nämlich vergessen, dass ich diese Unterhosen in meine knallgelb-orange-rot gemusterten Lieblingssocken gesteckt habe, was schon peinlich genug ist. Denn auch wenn Wollsocken witzig bunt sind und noch bei übelster Kälte wärmen, lande ich damit bei der Wahl für das coolste Outfit zum ersten Date mühelos auf dem letzten Platz. Wer rechnet auch mit so einer unverhofften Einladung?

Ich sehe mich um. Hinter der Tür hängt ein Riesenpantoffel an der Wand, gefüllt mit Filzlatschen für Gäste. Meine Rettung! Ich schnappe mir ein Paar, natürlich viel zu groß für meine Füße, ziehe meine Jeans noch so weit wie möglich über die Ferse und folge endlich Julian wollsockensicher in die wahnsinnig coole Küche, die garantiert ein ultrahipper Designer gestaltet hat, mich aber trotzdem eher an einen OP-Saal im Krankenhaus erinnert.

»Tee ist gleich fertig. Rotbusch mit Zitrone passt hoffentlich?«

Ich würde bei jedem Tee nicken. Ich bin froh, wenn ich überhaupt etwas runterbringe, ohne mich vor Aufregung zu verschlucken.

Es ist das erste Mal, dass ich mit einem Jungen allein bin, seit ich als Kind bei Freunden war, was damals natürlich etwas ganz anderes hieß, nämlich gar nichts. Heute kann es dagegen *alles* bedeuten.

Leonie wüsste bestimmt, was man sagt oder tut, denke ich zu meiner Verblüffung.

Doch all das vergesse ich in dem Augenblick, als wir Julians Zimmer im Erdgeschoss betreten. Es ist so cool, dass ich, ohne nachzudenken, »Wie geil ist das denn!« rufe.

Der Raum ist größer als die Zimmer von meiner Mutter und mir zusammen. Gleich hinter der Tür steht ein Schrank, an der blauen Schmalseite ein Schreibtisch mit Computer, daneben ein Riesen-

bücherregal als Raumteiler, dahinter Julians Bett. An der anderen Schmalseite steht ein echtes Eishockeytor, darüber hängen Schläger und ein Trikot der Deutschen Eishockey-Nationalmannschaft mit Unterschriften. Der absolute Hammer ist aber die Längswand mit einer Art Schattenriss in Weiß auf Dunkelgrau. Überlebensgroße Eishockeyspieler in Action scheinen einen Puck mitten ins Zimmer zu schießen. Es wirkt so dreidimensional und dynamisch, als würde man selbst auf der Eisfläche stehen und gleich über den Haufen gefahren werden. Der Fußboden ist glatt und weiß, was das Eisfeeling noch verstärkt.

»Hab ich letztes Jahr gemalt«, sagt Julian mit einer Mischung aus Verlegenheit und Stolz.

Ich nicke fasziniert. »Viel cooler als das ewige Fußballzeug.«

»Ich wollte schon mit vier Jahren eislaufen. Die Geschwindigkeit, die man auf Kufen draufkriegt, ist so krass! Du kannst dir nicht vorstellen, was das für ein geiles Gefühl ist«, gerät Julian ins Schwärmen. Und ob ich mir das vorstellen kann, denke ich selig lächelnd an mein kribbelndes Gefühl beim »Schlittschuhschweben« zurück. Ich wüsste bloß nicht, wie ich das ausdrücken sollte, ohne lächerlich zu klingen.

»Sorry noch mal«, entschuldigt sich Julian schon wieder. »Nicht nur wegen dem Sattel, sondern auch beim Schlittschuhlaufen mit deiner Klasse. Ich bin viel zu schnell mit dir übers Eis gerast.«

Das war ja gerade das Schöne, denke ich glücklich.

»Ich weiß, du hast gesagt, du hast vor nichts Angst«, fährt er fort. »Aber du warst 'ne blutige Anfängerin. Du hättest dich richtig übel verletzen können und ich wäre schuld gewesen.«

Julian setzt sich aufs Sofa, von dem man auf die Eishockeykulisse blickt wie ein Stadionbesucher. Ich sehe in die entgegengesetzte Richtung. Hinterm Sofa geben bodentiefe Fenster die Sicht auf den Garten frei, wo ich vor einer Woche auf Julian losgegangen bin. Plötzlich weiß ich auch ohne Leonie, was ich sagen oder tun muss.

»*Ich* muss mich entschuldigen«, beginne ich stockend. Julian sieht mich verwundert an. »Also vielleicht … kommt drauf an … hast du einen Bruder?«

Julian schaut noch verwunderter. »Nur eine kleine Schwester.«

»Und … vielleicht einen Gärtner?«

»Wie kommst du auf so was?« Jetzt ist keine Steigerung seiner Verwunderung mehr möglich, glaube ich. Ich nehme meinen Mut zusammen. Julian hat sich sogar doppelt bei mir entschuldigt. Was er kann, kann ich auch. »Kann es sein, dass du letzten Donnerstag einen … äh … Zwischenfall in eurem Garten hattest?«

Auch wenn ich es nicht für möglich gehalten hätte, gelingt es Julian, noch verwunderter zu schauen als zuvor. »Was? … Na ja … ja! So ein kleiner frecher Kerl hatte sich reingeschlichen. Man weiß nie, was …«. Er stutzt und ich halte die Luft an. »Aber woher weißt du …? Hast *du* etwa einen kleinen Bruder?«

»Ich *bin* der kleine Bruder.«

Ich gebe Julian Zeit, die Skala seiner Verwunderung nochmals nach oben auszudehnen. »Wie, du? … Das warst doch nicht …? Hast du etwa …? Aber du kannst doch nicht …?« Er mustert mich eindringlich. Unter meinem Fleecepulli herrschen gefühlte hundert Grad. Ich komme mir vor wie in der Hölle, aber da muss ich jetzt durch.

»Es ging so schnell, und ich war ja selbst so überrascht, und dann … tut mir leid, ehrlich. Ich hoffe, es hat nicht wehgetan. Also zumindest nicht so arg?«

Julian starrt mich immer noch an. Ich fürchte, gleich rastet er aus. »Du solltest mit Eishockey anfangen. Bodychecks hast du jedenfalls schon super drauf.«

»War bloß Selbstverteidigung.«

»Klein, aber nicht kleinzukriegen. Du hast wohl echt nie Angst?« So wie Julian mich jetzt ansieht, glaube ich tatsächlich Respekt in seinen Augen lesen zu können.

»Du bist also nicht sauer?«

»Chill mal, Floh. Ich habe einen Fehler mit dem Sattel gemacht, du mit deiner Gartenattacke. Wir sind quitt.« Julian hält mir lachend seine Hand hin. Ich schlage ein und kann endlich erleichtert mitlachen. Was für ein wunderschöner Tag!

12. Dezember

Julian und ich sitzen nebeneinander auf dem Sofa, trinken Tee, hören Musik und reden zum ersten Mal richtig miteinander. Nachdem wir unsere Fehler zugegeben haben, könnte eigentlich alles entspannt sein. Aber in mir rotiert es wie in einer Waschmaschine. Das ist eine einmalige Chance mit Julian, die darf ich nicht durch blöde Bemerkungen kaputtmachen. Aber was heißt eigentlich Chance? Will ich überhaupt »Chancen« bei ihm haben? Ist mir schlecht vor Nervosität oder vor Verliebtheit? Und wieso habe ich ausgerechnet heute so peinliche Klamotten an?

Julian und ich checken gegenseitig Infos ab. Er geht in einer anderen Schule als ich in die Neunte, ist also eine Klasse über mir und wird am 18. Februar fünfzehn.

»Vom Sternzeichen zwischen Wassermann und Fisch, oder?«, fällt mir ein. »Kein Wunder, dass es dich aufs Eis zieht, gefrorenes Wasser eben.« Ich hoffe, er findet das mit den Sternzeichen nicht total doof. Aber Julian grinst.

»Lass mich raten, was *du* bist: Immer Kontra geben und mit dem Kopf durch die Wand. Klingt nach einem von diesen vielen Hörnertieren in der Astrologie. Steinbock oder was es da sonst noch so gibt.«

»Widder«, nicke ich.

»Ja, zum Beispiel, oder ...«.

»Ich *bin* das Beispiel«, unterbreche ich.

»Du bist echt Widder?« Er lacht.

»Zwölfter April.«

»Keinen Kampf scheuen, passt voll zu dir.«

»Widder sind eigentlich friedliche Tiere«, versuche ich mein Image zu korrigieren. »Man darf sie bloß nicht zu sehr reizen oder in ihrer Freiheit einschränken.«

»Hab ich schon gemerkt.«

»Außerdem ist es eh Quatsch. Jeder Mensch ist anders und mit keinem vergleichbar.«

»Vor allem du.«

Ist das jetzt ein Kompliment oder nicht? Ich greife unsicher zum Tee. Beim Trinken kann ich wenigstens nicht falsch reagieren.

»Auf jeden Fall kriege ich zu meinem Geburtstag ein Mofa. Da kann man mir nicht mehr so leicht den Sattel klauen«, grinst Julian.

»Wenn doch, sag Bescheid, ich schlag den Dieb dann einfach k. o.«

»Mit dir als Begleitschutz kann mir jedenfalls nichts passieren.« Julian lächelt mich an, und mein Herz hüpft, weil selbst ich kapiere, dass das jetzt wirklich ein Kompliment ist.

Eigentlich könnte ich endlich glücklich sein, aber von Anfang an habe ich schon vor Aufregung geschwitzt, und seit einer Weile glaube ich richtig zu glühen, weil ich mit meinen langen Unterhosen und dem Fleecepulli zwar problemlos die Arktis durchwandern könnte, mich aber in dem geheizten Zimmer so deplatziert wie ein Eisbär fühle. Ich kann den Pulli aber auch nicht ausziehen, weil meine Haare dabei so elektrisch aufgeladen in alle Richtungen abstehen würden, dass ich aussähe wie Einstein, der zusätzlich in 'ne Steckdose greift. Und wer verliebt sich schon in Einstein?

Deshalb wünsche ich mir einerseits zwar, es würde mit Julian und mir so weitergehen und er würde vielleicht sogar näher zu mir heranrücken. Aber andererseits hoffe ich fast genauso, er bleibt mir von der Pelle, weil ich fürchte, meine Ausdünstungen haben sich inzwischen durch alle Textilschichten gekämpft und vertreiben ihn endgültig von mir. Bevor ich mir in seinem Leben den Loserplatz als »Die so nach Schweiß stinkt« erobere, muss ich das hier beenden, auch wenn es ewig so bleiben könnte.

»Man soll gehen, wenn's am schönsten ist«, bringe ich so lässig wie möglich einen typischen Erwachsenenspruch an und stelle die leere Teetasse auf den Sofatisch.

»Du willst schon weg?«

»Ich muss ja noch die Zeitungen austragen«, greife ich zur naheliegendsten Ausrede.

»Vorschlag: Ich muss in 'ner halben Stunde eh zum Eishockeytraining. Wir trinken noch die Kanne leer und gehen dann zusammen.« Julian teilt den Rest des Tees auf. Eine knappe halbe Stunde wird mich nicht zum Stinktier mutieren lassen, wenn ich die Arme an meine Seiten geklemmt lasse und mich kaum bewege, hoffe ich und bleibe also sitzen.

»Seit wann machst du das eigentlich mit den Zeitungen?«

»Seit ich dreizehn bin.«

»Zum Geld verdienen?«

»Wir haben's nicht so wie ihr.«

»Ist nicht so, wie's aussieht«, lacht Julian. »Die Bude hier hat meine Ma einfach geerbt, dafür können wir nichts.«

»Da war sie aber bestimmt noch nicht so stylish wie jetzt.«

»Mein Vater ist Architekt. Da musste er wenigstens bei sich daheim seinen Designtraum verwirklichen. Mein Fall ist es nicht immer.«

»Sieht doch cool aus.«

»Die Küche ist ein bisschen *zu* cool. Zumindest kocht meine Ma seither kaum noch, weil sie sich wie in einem sterilen Labor vorkommt.«

»Ich hab an OP-Saal gedacht«, rutscht es mir spontan heraus.

»Dann sind deine Eltern Ärzte?«

Hätte ich mir denken können, dass einer wie Julian davon ausgeht, wer im Krankenhaus arbeitet, muss Arzt sein. »Meine Mutter ist Krankenschwester«, sage ich stolz. »Und meinen Vater gibt's nicht.«

»Verstehe«, nickt Julian und schaut mich nachdenklich an. »Deshalb verdienst du auch schon dein eigenes Geld, bist total eigenständig und kannst dich durchsetzen. Klar, dass du kein Rosa magst, das ist für kleine Mädchen.«

Er hat echt was gelernt, freue ich mich.

»Schon blöd gelaufen, dann ausgerechnet so zu heißen«, überlegt Julian laut. »Wie du mich rundgemacht hast im Eisstadion, als ich deinen Namen nur ausgesprochen habe, da hat deine Ma wohl nix zu lachen.«

»Sie darf mich als Einzige so nennen. Sie hat sich nämlich was dabei gedacht.« Julian schaut mich total irritiert an.

»Sie hat mich nach Rosa Luxemburg benannt.«

Meistens muss ich genauer erklären, wer Rosa Luxemburg war, aber Julian lacht mal wieder und antwortet sofort. »Freiheitskämpferin, Politikerin, hat sich von der Männerwelt auch nicht einschüchtern lassen, stimmt's?«

»Stimmt. Aber dafür haben sie ihre Gegner ziemlich jung ermordet. Ich hoffe, das mache ich ihr nicht nach.«

»Hoffe ich doch auch. Bei so einer Namenspatronin hast du jedenfalls nicht anders werden können als kämpferisch, selbst wenn du kein Widder wärst.«

»Jetzt kämpfe ich mich erst mal wieder durch die Nordpolsimulation da draußen.«

Ich trinke meinen letzten Schluck Tee aus und stehe auf. In dem Moment fällt mir ein, dass dies vielleicht endgültig die letzten Minuten mit Julian und mir sind. Es gibt außer zufälligen Begegnungen wie beim Zeitungsaustragen überhaupt keinen Grund, ihn wiederzusehen. Auch wenn ich eigentlich mutig bin, traue ich mich nicht, Julian ein richtiges Date vorzuschlagen.

Er steht ebenfalls auf. »Ich pack mal meinen Kram fürs Eishockeytraining.«

Genau damit liefert mir Julian unabsichtlich das entscheidende Stichwort: Eis. Denn natürlich will ich wieder Schlittschuh laufen, nachdem das Diebstahlmissverständnis aufgeklärt ist und ich ihm nicht mehr aus dem Weg gehen muss. Vielleicht könnten wir ja mal zusammen …?

»Ich gehe jetzt übrigens auch öfter ins Eisstadion«, versuche ich meine Date-Offensive möglichst beiläufig klingen zu lassen.

»So wie letzten Sonntag«, grinst er.

Mist! So viel zu den unbeantworteten Fragen. Jetzt sieht es wieder so aus, als sei ich nur dort gewesen, um Julian zuzuschauen. »Da wollte ich bloß wissen, ob du noch spielen kannst, wegen meinem Überfall.«

»Unser Eiswart hatte da 'ne andere Version.«

Dieses Thema lässt mich sofort noch übler in meiner Arktisausrüstung schwitzen, und es wird sogar noch peinlicher, als Julian weiterredet. »Er meinte, eine Verehrerin hätte nach mir gefragt.«

Ich schmelze. Aber nicht wegen Julian, sondern weil mir vor lauter Peinlichkeit unerträglich heiß ist. »Muss 'ne andere gewesen sein.«

Julian räuspert sich. »Er sagte, sie war klein, süß, mit vielen Sommersprossen.«

SPECIAL
PERFECT
OPEN
BIG!

FANTASTIC
OH!
SUPER

»Sag ich doch, 'ne andere. Ich und süß.« Ich lache gekünstelt.

»Ansichtssache«, kommt es von Julian hinter der Schranktür hervor. »Außerdem kenne ich sonst niemand, der im Winter so viele Sommersprossen hat. Das musst du gewesen sein.«

Das Ganze weiter abstreiten und damit Julian richtig anlügen kommt nicht infrage. Also bleibt nur, das mit der Verehrerin klarzustellen. »Na gut, ich hab ihn nach dir gefragt. Aber wirklich nur, weil ich mir Sorgen gemacht habe. Unter den Eishockeyhelmen mit Gitter und Mundschutz konnte ich ja nicht erkennen, ob du überhaupt mitspielst.«

Julian sucht immer noch hinter der Schranktür seinen Kram zusammen. »Schade. Da hatte ich ein Mal 'ne Verehrerin, und wieder nichts.«

»Du hast bestimmt genug andere.«

»Es ist nicht alles so, wie's aussieht, hast du mir bisher doch immer gesagt?«

Was erwartet Julian jetzt von mir? Soll ich ihn trösten und sagen, er findet bestimmt bald eine Verehrerin? Will er mich provozieren, damit ich preisgebe, dass ich mich vielleicht in ihn verliebt habe? Oder will er sich bloß über mich lustig machen? Ich muss jedenfalls schleunigst von diesem thematischen Glatteis runter und wieder aufs echte Eis zu sprechen kommen.

»Eigentlich wollte ich vorhin was ganz anderes erzählen. Ich komme jetzt öfter ins Eisstadion, weil ich Schlittschuh laufen gehe. Ich hab's nämlich noch mal ausprobiert, und es klappt echt gut, ganz ohne Zwerg.«

Julian hat seine Sporttasche fertig gepackt, die Schranktür zugemacht und sieht mich merkwürdig lächelnd an. »Dann könnten wir ja mal zusammen gehen? Also wir zwei, ohne Zwerg.«

Das ist jetzt ein echtes Date?! Ich kann es kaum fassen und quetsche mit trockener Kehle ein »Klar« hervor.

»Sonntag? Da ist Eisdisco. Ich verspreche auch, dass du diesmal keine rosa Schlittschuhe leihen musst.«

Julian lächelt mich an, und obwohl ich in diesem Moment mit beiden Beinen auf dem Boden stehe, statt auf Schlittschuhen übers

Eis zu gleiten, fühlt es sich genauso schwerelos und kribbelnd an wie bei meinem ersten Eislaufen mit ihm.

Mit weichen Knien wackle ich neben Julian hinaus ans Gartentor. Ich freue mich wahnsinnig auf diesen Sonntag, aber fast genauso fürchte ich mich auch davor. Wenn ich schon jetzt beim normalen Gehen zittrige Beine habe, wie soll ich mich bei der Eisdisco überhaupt auf glatten Schlittschuhkufen halten können? Ich muss vorher unbedingt noch mindestens einmal üben gehen, wenn ich nicht hinfallen und mich vor Julian komplett blamieren will.

Wir verabreden Uhrzeit und Treffpunkt für die Eisdisco und tauschen Handydaten aus. Ich wünschte, ich könnte jetzt die Zeit einfrieren, sodass wir uns nicht verabschieden und trennen müssten. Ob es Julian genauso geht? Wir stehen jedenfalls beide schweigend und irgendwie unschlüssig voreinander.

»Cool, dass wir uns heut getroffen haben und alles geklärt ist«, fängt Julian schließlich an.

»Finde ich auch«, nicke ich.

Wir sehen uns einen langen Moment einfach nur in die Augen, dann beginnt Julian zu grinsen. »Bis auf eine Sache: Wieso bist du letzte Woche überhaupt in unserem Garten gewesen?«

Mein Hochgefühl fällt in sich zusammen wie ein missglücktes Soufflé im Ofen. Obwohl es hier draußen irre eisig ist, schwitze ich jetzt sogar mehr als drinnen. Die Gartenspionage hatte ich schon erfolgreich verdrängt. Ist nun vielleicht alles aus und Julian lässt mich noch vor unserem ersten Date wieder sitzen, wenn ich jetzt das Falsche antworte? Doch was ist bloß das Richtige?

»Das sag ich dir beim nächsten Mal«, stehle ich mich aus der Situation und hoffe, mir fällt bis Sonntag irgendeine gute Antwort ein. Dann verschwinde ich mit meinem Zeitungskarren, so schnell mich meine Puddingbeine tragen.

13. Dezember

Ich öffne meinen Mund, meine Lippen berühren die warme Haut, umschließen sie sanft – ich küsse. Ich beginne auf dem Handrücken hinter dem Daumen, wandere weiter über den Unterarm und verliere mich in meiner Fantasie, wie ich nach der Eisdisco am Sonntag Julian küssen werde statt jetzt nur meinen eigenen Arm.

Ich weiß immer noch nicht ganz genau, ob ich wirklich richtig verliebt bin. Aber wenn ich meine Schwitzschübe und hässlichen Klamotten ausblende, war es ein wahnsinnig schöner Nachmittag mit uns, an dessen Ende ein echtes Date stand sowie dieses irre Gefühl zu schweben, auch ganz ohne Eis unter den Füßen.

Genauso wie ich bis zum Sonntag noch einmal Schlittschuhlaufen üben muss, um mich vor Julian nicht zu blamieren, muss ich auch Küssen üben, um auf mein erstes Date vorbereitet zu sein. Ich habe nämlich noch nie geküsst, also nie richtig mit Zunge, nur mal so kurz beim Flaschendrehen auf einer Party.

Natürlich habe ich keine Ahnung, ob es am Sonntag passieren wird, aber ich kann ja nicht bloß rein theoretisch wissen, wie's geht. Das wäre so, als würde ich mich zur Eisdisco verabreden, ohne ein einziges Mal überhaupt auf Schlittschuhen gestanden zu haben. Der Unterschied ist bloß, dass man Schlittschuhlaufen mit jedem üben kann, aber küssen? Darum übe ich also mit mir selbst, als ich am Abend dieses unvergesslichen Donnerstags im Bett liege.

Das Licht ist aus, ich schließe die Augen, beginne erneut meinen Arm zu berühren, fühle meinen warmen Atem, stelle mir vor, meine Haut wäre Julian, spüre ihn ganz nah bei mir, küsse ihn …

… und wache durch störendes Weckerklingeln mit dem Gesicht auf meinem Arm auf. Meine Lippen kleben an meiner Haut und in meinen wirren Träumen hänge ich auch noch fest: In meinem Karren steckt ein Zwerg, der wie Julian aussieht und die Zeitungen küsst, im Garten der von Lembergs hält mir der Eiswart das rote Glitzerherz entgegen und bei der Eisdisco fahre ich unter dem Gelächter meiner Mutter, die sich an ihren Freund schmiegt, nur in langen rosa Unterhosen Schlittschuh.

Ich schalte den Wecker aus, das Licht an, sehe angewidert meinen mit eingetrocknetem Speichel vollgesabberten Arm und wische mir eine klebrige Spur vom Mundwinkel zum Kinn ab. Ich brauche eine Weile, um mich zu erinnern, dass ich Küssen geübt habe.

Was letzte Nacht so schön war, ist mir jetzt peinlich und eher eklig. Ich bin total durcheinander. Heute Nacht noch verliebt, jetzt keine Spur von Glückshormon. Was ist also jetzt genau mit Julian und mir? Ich fühle mich unsicher, weil ich nichts Sicheres fühle, und bereue auch, sein Bild aus der Vereinszeitschrift verbrannt zu haben. Aber alles kam gestern so überraschend, ist so neu und ich so wirr.

Ich tapse ins Bad und wasche meinen Kussarm, Mund und Kinn ab. Als ich mein Gesicht im Spiegel ansehe, leuchten mir meine Sommersprossen ganz klar entgegen und ich höre Julians Worte in mir: »Klein, süß, mit vielen Sommersprossen.« Er hatte sich so seltsam geräuspert und hinter seiner Schranktür versteckt. Ich sehe diese Szene plötzlich deutlich vor mir. Er findet mich süß, das heißt, er mag mich wirklich. Ich muss mich am Waschbecken festhalten, mir wird schwindlig, mein Magen fällt in die Knie, alles dreht sich vor Glück.

Als ich wieder klar sehe, blicke ich in ein strahlendes Gesicht. Julian mag mich und ich mag ihn auch, und nach unserer Verabredung zur Eisdisco werden wir uns garantiert noch viel mehr mögen und dann bestimmt auch küssen.

Später, am Frühstückstisch, lächle ich immer noch wie ferngesteuert vor mich hin, es hört einfach nicht auf. Meine Mutter sieht mal wieder gar nicht müde aus nach ihrer Nachtschicht, sondern lächelt auch so ferngesteuert.

»Morgen, mein Schatz, gut geschlafen?«

»Mhm«, nicke ich süß lächelnd.

»Schön«, nickt auch sie verträumt lächelnd.

Danach rühren wir beide in unseren Kakaotassen herum, trinken, essen und schweigen dabei. Das gab's noch nie. Ich beobachte meine Mutter, sie lächelt irgendwie beglückt nach innen, in eine eigene Welt, die nur sie sieht. Habe ich nicht gerade genauso vor mich hin gelächelt? Ich war auch woanders, nicht bei meiner Mutter am Tisch, sondern bei Julian. Also geht es ihr so wie mir. Wie kann ich ihr da noch böse sein? Bestimmt denkt sie an ihren Freund,

der sie auf dem Weihnachtsmarkt geküsst hat. Ich denke an Julian. Wird er auch mein Freund, der mich bald küssen wird?

Mein Magen ist gefüllt mit Brot, Kakao und Kribbeln, als ich aufstehe, lächelnd »Ciao, Mama« sage, ein ebenso lächelndes »Ciao, Rosa« höre und in die Schule radle. Den Adventskalender haben wir beide zum ersten Mal komplett vergessen. Unsere realen Lebensadventskalenderüberraschungen sind gerade süß genug.

Leonie habe ich wie in unseren besten verfeindeten Zeiten die ganze Woche ignoriert. Als ich noch wütend auf Julian war, hat sie mich überzeugen wollen, das sei nur ein anderer Ausdruck von Liebe. Ich habe mir diesen Schwachsinn nicht anhören wollen und muss jetzt vor mir zugeben, dass sie doch wieder recht hatte. Aber das muss ich ja nicht auch noch vor *ihr* zugeben. Außerdem will ich meine Gefühle für Julian erst mal ganz für mich behalten.

Ich setze mich also nach knappem Gruß hin und ignoriere sie danach genau wie die letzten Tage. Fast bin ich erstaunt, dass sie es sich tatsächlich gefallen lässt und anders als sonst kein Gespräch mit mir beginnt. Nicht dass mir etwas fehlt, aber seltsam ist es doch, so wie sie bisher an mir hing. Offenbar hat sie endlich kapiert, dass ich meine Ruhe will. Umso besser, dann habe ich sechs Schulstunden lang Zeit, vor mich hin zu träumen.

Nach Schulschluss schlendere ich in Gedanken an Julian zu meinem Fahrrad und gerate dort mal wieder in ein Märchen. Diesmal ist es weder Schneewittchen noch Dornröschen, sondern das Märchen vom Hasen und Igel. Denn der gewitzte Igel hat mich mal wieder ausgetrickst und klemmt schon auf meinem Gepäckträger.

»Leonie, langsam wird's langweilig. Geh einfach heim, bevor du bei der Kälte am Rad festfrierst«, versuche ich cool zu bleiben.

»Du glaubst doch nicht, ich lass dich einfach gehen? Da ich dir von Anfang an prophezeit habe, dass es mit Julian klappt, habe ich jetzt auch ein Recht darauf zu erfahren, wie es gestern genau gelaufen ist«, sagt Leonie seelenruhig lächelnd, während mir mein Lächeln erstmals an diesem Tag abhandenkommt. Wie kann sie wissen, dass Julian und ich uns gestern getroffen haben?

»Also doch ›Stalking Queen‹. Hoffentlich ist dir wenigstens alles abgefroren, als du mir beim Zeitungsaustragen nachspioniert hast.«

»Ich war die ganze Zeit daheim im Warmen, war total gemütlich«, schwärmt sie grinsend. »Aber ich glaube, dir ist trotz der Kälte noch viel heißer gewesen mit Julian.«

Sie *muss* lügen. Es gibt nichts, was ich mehr hasse. Wahrscheinlich war *sie* gestern bei ihm im Garten, hat durch die Fenster in Julians Zimmer gestarrt und uns beobachtet. Zum Glück haben wir uns noch nicht geküsst, denke ich spontan.

Ich habe jetzt absolut keine Lust zu warten, bis Leonie freiwillig meinen Gepäckträger verlässt. Außerdem ist es zu eisig für Diskussionen. Taktische Planänderung: Ich drehe mich um und gehe.

»Hey Floh, bleib da, ich war gestern wirklich daheim, Ehrenwort. Aber du bist heute so eindeutig neben der Spur, dass selbst eine überfahrene Amöbe merken würde, was passiert ist.« Mit diesen Worten hat sie mich eingeholt und hält mich fest: »Erzähl schon!«

Leonie ist eine Nervensäge und Besserwisserin, aber so dreist zu lügen und gleichzeitig zu schwören, traue ich ihr doch nicht zu.

»Also gut, du Amöbe, aber erklär mir erst, was du meinst.«

Leonie grinst. »Erstens hast du alle Schulstunden lang durchgelächelt, dabei hatten wir sogar Englisch und Geschichte, und da hast du sonst nicht viel zu lachen.«

Stimmt.

»Du hast sogar noch gelächelt, als du drankamst, keine Antwort wusstest und dir die Rospen eine mündliche Sechs angedroht hat.«

Das habe ich nicht einmal richtig mitgekriegt. »Ging's wieder um Napoleon?«

»Weiß auch nicht mehr, ich war ja so auf dich konzentriert. Jedenfalls hab ich da schon gedacht, dass was Tolles passiert sein muss. Dann hab ich ein Malzbonbon von dir gewollt und du hast mir lächelnd die Schachtel hingehalten.«

»Du isst überhaupt keine Malzbonbons.«

»Eben. Ist dir aber nicht mal aufgefallen. Ich hab's dann gleich in ein Taschentuch gespuckt. Willst du sehen?« Leonie nestelt an ihrer Hosentasche, ich winke ab. »Lass stecken, ich glaub's dir. Weiter.«

C
H
R
I
M
e
R

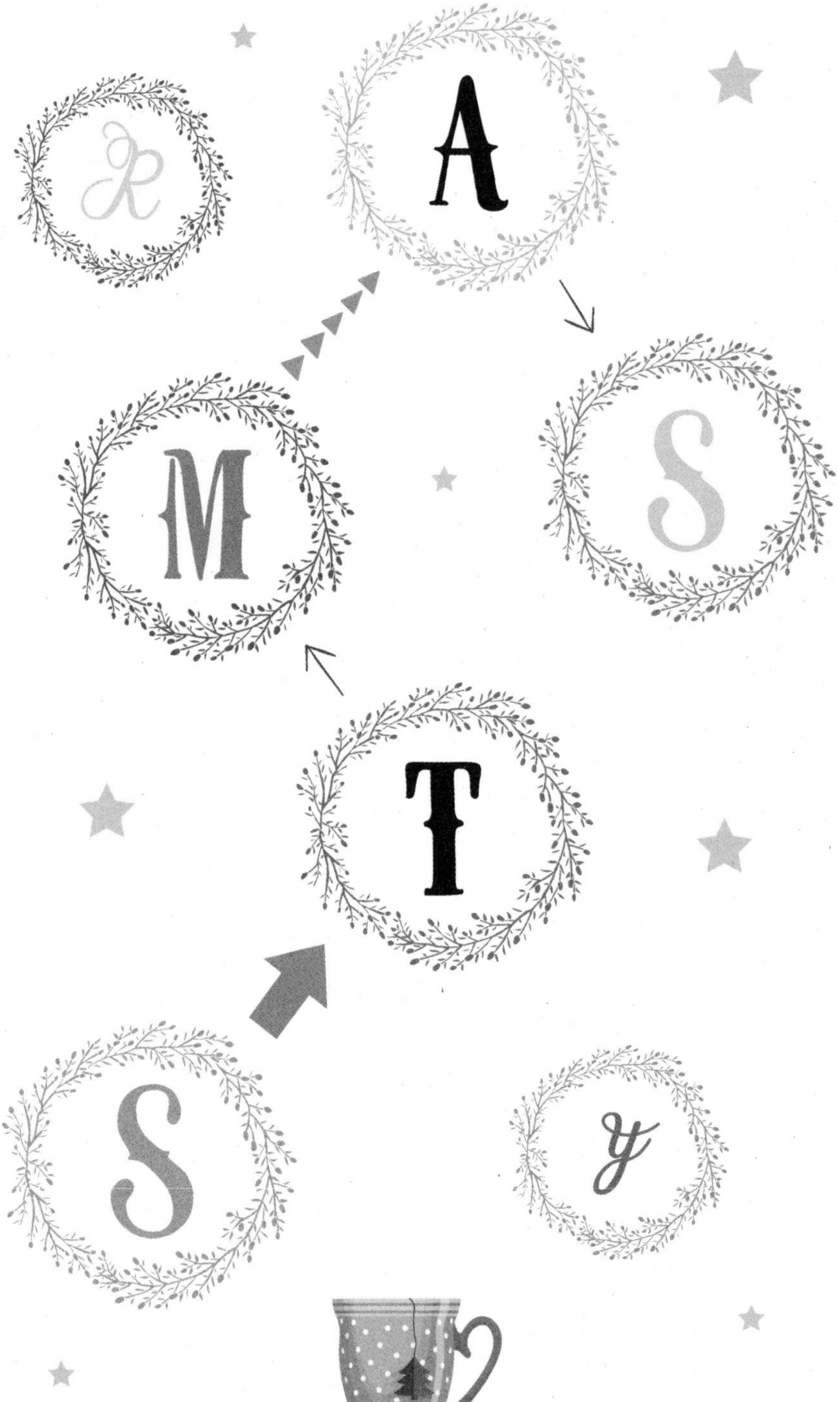
R
A
M
S
T
S
y

»Gut, also drittens: Danach habe ich Abba-Hits gesummt und du hast dich nicht drüber beschwert.«

Ich starre Leonie ungläubig an, denn davon habe ich wirklich gar nichts gehört.

»Ab dann war hundertpro klar, dass gestern was absolut Traumhaftes mit Julian passiert sein muss. Also habe ich kombiniert, da du Zeitungen austrägst und an seinem Haus vorbeikommst, hat er dich gesehen, ihr habt geredet, euren Streit geklärt, und die Wut hat sich endlich in Liebe verwandelt.« Leonie strahlt mich an, als wäre sie selbst verliebt. Ich kann gar nicht anders als mitstrahlen. Aber ich will immer noch nicht mein ganzes Geheimnis mit ihr teilen.

»Bis auf den Punkt mit der Liebe stimmt's«, lächle ich verlegen. Leonie hüpft vor Freude. »Die kommt noch! Wenn's so gut lief, meldet er sich bestimmt bald wieder bei dir für ein Date.«

»Wir haben schon eins«, sage ich und Leonie kreischt begeistert los. Mir ist das total peinlich, hier im Fahrradhof, wo uns jeder sehen und vor allem hören kann. »Jetzt halt mal den Ball flach, wir gehen bloß zusammen eislaufen.«

»Was heißt ›bloß‹, Floh! Was wollen zwei, die zusammen Schlittschuh laufen? Hand in Hand laufen. Und warum wollen sie das? Weil sie verliebt sind. Das ist so eindeutig!« Leonie fällt mir in die Arme.

»Ist es überhaupt nicht«, mache ich mich von ihr los.

»Gut, dann komm ich mit.«

»Nein!« Jetzt kreische *ich* laut, und Leonie grinst. »Reingefallen, das war nur ein Test.«

Ich bin echt erstaunt über sie. »Du warst früher nie so drauf.«

»Früher hatte ich auch nicht viel mit dir zu tun. Aber jetzt. Und deshalb weiß ich auch, dass du verliebt bist. Sonst wärst du nicht so dagegen, dass ich Julian und dich störe. Aber chill mal, ich komm natürlich nicht mit. Die erste Liebe musst du ganz in Ruhe genießen.«

»Von wegen ›erste Liebe‹. Wir gehen eislaufen und sonst gar nichts«, wehre ich mich immer noch.

Aber Leonie malt mir schon meinen Sonntag mit Julian aus. »Ihr seid auf dem Eis, alles ist ganz aufregend, coole Musik, total schummrige Lichter, prickelnde Stimmung, und dann tust du so, als wärst du richtig unsicher auf dem Eis, also viel schlechter, als du wirklich fährst.«

»Wie krank ist das denn?«

»Jungs mögen das«, sagt Leonie, »dann fühlen sie sich selbst als Held. Und Julian ist dein Held, wenn er dir super helfen kann. Er wird dich an der Hand nehmen, und danach fahrt ihr einfach Händchen haltend weiter, und irgendwann tust du so, als fällst du hin, am besten bei einem voll emotionalen Lovesong. Du fällst, Julian hält dich und lässt dich nicht mehr los, die Musik trägt euch davon in den siebten Himmel, ihr umarmt euch und womm, dann kommt der Kuss.«

Leonie schildert das alles so lebendig, als wäre es wahr. Ich kann Julian ganz nah bei mir spüren, seine Wärme in der Umarmung fühlen, halte seine Hand. Es fühlt sich absolut realistisch an.

Zu realistisch. Ich begreife erstaunt, dass ich Leonies Hand halte. Sie drückt sie fest und strahlt. »Ich freu mich so für dich, Floh«, sagt sie so aufrichtig, dass ich glaube, sie gönnt mir mein Glück tatsächlich von Herzen, ganz wie eine beste Freundin.

Mein Hochgefühl hält an, während ich am Freitag auf dem Eislaufplatz Schlittschuhlaufen übe und diesmal trotz der kleinen Fläche sogar ein Kribbeln empfinde; es hält an am Samstag, als ich aufgeregt meine Klamotten durchprobiere, damit ich bei meinem ersten Date weder übel schwitze noch übel aussehe; und es hält nicht nur an, sondern wird noch intensiver, als ich am Sonntag zum Eisstadion komme und direkt neben mir Julian mit seinem Trekkingrad heransaust, mich mit einem so unglaublichen Lächeln begrüßt, dass ich froh bin, mich an meinem Rad festhalten zu können, um nicht in Ohnmacht zu fallen, und wir beim Abschließen mit unseren Köpfen so nah zusammen kommen, dass wir uns schon fast küssen könnten, obwohl unser Date noch gar nicht richtig begonnen hat. Was soll jetzt noch schiefgehen?

14. Dezember

Julian und ich schieben uns in der Warteschlange zur Kasse vor. Ich bin so verklemmt in dieser absolut neuen Datesituation, dass mir die coolen Sprüche ausgehen und es eine ziemlich schweigsame Prozession ist, denn Julian sagt genauso wenig. So winzig, wie ich neben ihm aussehe, ist es ihm bestimmt schon unangenehm, weil es aussieht, als wäre er mit seiner kleinen Schwester in der Eisdisco.

Dann sind wir endlich dran. Bevor ich das Kleingeld zusammensuche, hat Julian schon lässig für zwei bezahlt, und das noch mit einem Fünfzig-Euro-Schein. Der lebt nicht bloß rein atmosphärisch in einer anderen Welt, so zwei Köpfe über mir, sondern auch finanziell und bestimmt überhaupt im Leben. So unterschiedlich wie wir sind, wie soll das jemals etwas werden mit uns? Nur weil einer viel Geld hat, will ich mich nicht einladen lassen und von ihm abhängig sein. Niemals Dankbarkeit mit Liebe vermischen, denke ich an den Grundsatz meiner Mutter. Ich halte Julian die vier Euro Eintritt hin.

»Lass stecken«, sagt er und kommt mir ziemlich großspurig vor.

»Ich kann mir das schon selber leisten«, bekräftige ich, »schon vergessen? Ich trag Zeitungen aus.«

»Deshalb kann ich dir trotzdem was Gutes tun.«

Er hört sich mehr nach einem Vater als nach einem Freund an, finde ich und kriege ein merkwürdiges Gefühl. Gerade eben war's noch schön, und jetzt wird es verkorkst, bevor es richtig losgeht. Reiß dich zusammen, Floh. Vielleicht ist er genauso unsicher wie du, wenn es stimmt, dass er bisher kaum Verehrerinnen hatte.

Ich lächle Julian an. »Ich geh zum Verleih rüber.«

»Ich komm mit«, grinst er, »nicht dass dir ein Idiot rosa Schlittschuhe andreht.«

Julian redet kurz mit dem Mann am Verleih und geht ins Lager. Er kommt stolz mit blauen Schlittschuhen zurück. »Hier, ich hab dir diesmal ein Paar für Jungs geholt.«

»Damit ich heute mein blaues Wunder erlebe«, quetsche ich mir einen Spruch raus, obwohl ich mich schon wieder merkwürdig fühle. »Und wo zahl ich jetzt, bei dir?«

»Das geht aufs Haus.« Julians Grinsen erinnert mich an unsere erste Begegnung, als er mir so arrogant vorkam, als gehöre ihm das ganze Eisstadion. Ich mag so was nicht. Meine Mutter und ich haben nicht viel Geld, aber wir kommen trotzdem ohne Almosen durchs Leben. Ich bringe nicht mal ein Danke heraus.

Als wir nebeneinander auf der Umkleidebank sitzen und die Schuhe schnüren, kommt eine Mitarbeiterin des Eisstadions zu uns.

»Du, Julian, weißt du jemand, der uns nächsten Samstag beim Waffelverkauf auf dem Weihnachtsmarkt helfen kann? In der Schicht von fünfzehn bis achtzehn Uhr fehlt uns jemand.«

»Sorry, Anne, grad nicht, aber wenn mir wer einfällt ...«

Ich mische mich hellhörig ein. »Worum geht's?«

»Wir haben jedes Wochenende einen Stand am Eisplatz auf dem Weihnachtsmarkt«, erklärt Anne. »Mit dem Verkauf kommt Geld für den Verein in die Kasse, aber vor allem machen wir so Werbung, damit Leute, die auf dem Weihnachtsmarkt Schlittschuh laufen, auch mal hier ins Eisstadion rauskommen.«

»Ich mach's«, sage ich zur Verblüffung von Anne und Julian.

»Du? Das musst du nicht, Floh, du bist kein Mitglied und grad erst zum zweiten Mal hier auf dem Eis.«

»Ich will aber!« Ich will es für mich und wegen Julian. Er hat den Eiszwerg für mich ausgeliehen, ohne ihn zu bezahlen, er hat mir heute die Schlittschuhe gegeben, ohne dass ich den Verleih zahle, und er hat mir den Eintritt spendiert. Ich muss das irgendwie zurückgeben.

»Floh heißt du also?«, fragt Anne nach. »Dann trag ich dich für Samstag ein und du kommst einfach kurz vor drei zum Stand.« Wir tauschen noch Handynummern aus, dann geht sie dankend.

»Du bist echt immer für 'ne Überraschung gut«, sieht mich Julian zwar leicht befremdet an, aber ich sehe auch wieder diesen Respekt in seinen Augen. Mir geht es gleich viel besser. »Was meinst du, was jetzt erst für eine Überraschung kommt, wenn ich aufs Eis gehe.«

Mulmig ist mir trotzdem. Natürlich wackle ich immer noch wie ein betrunkenes Model auf den Kufen, aber ich knicke nicht mehr so um wie beim ersten Mal. Julians stützende Hand lehne ich ab, ich will ihm beweisen, wie gut ich es inzwischen schon kann.

Als wir in die Eishalle kommen, betreten wir eine andere Welt.

Bunte Lichter kreisen übers Eis, es läuft total coole Musik und ich spüre sofort ein Kribbeln im Bauch. Nach dem Auftakt mit Julian bin ich aber weder in verliebter Stimmung noch fliege ich übers Eis, es kann nur an den wummernden Bässen aus dem Lautsprecher liegen. Trotzdem fühle ich mich sofort leichter, schwereloser, glücklicher. »Komm Floh, los geht's«, fordert mich Julian lächelnd auf, mit ihm das Eis zu betreten, und diesmal kann ich endlich befreit zurücklächeln.

Ich will mich auf keinen Fall vor ihm blamieren und schärfe mir noch einmal seine Tipps ein: In den Knien nach vorne gebeugt lange, diagonale Schritte fahren und aufs Gleichgewicht achten. Dann stoße ich mich ab. Ich fühle mich unter Julians Beobachtung unsicherer als allein auf dem Eisplatz und schwitze schon wieder, obwohl ich heute absichtlich nicht dick angezogen bin. Nach zwei Runden ohne Sturz atme ich erleichtert durch, geht doch! Julian überholt mich, macht schnittig eine halbe Drehung und fährt rückwärts vor mir her.

»Du hast echt Talent. Du fährst besser als manche andere nach Jahren.« Er strahlt mich ehrlich begeistert an.

»Ich hatte ja auch 'nen super Lehrer, der hat's voll drauf auf dem Eis.« Ich lächle Julian genauso begeistert an. Vielleicht zu begeistert, denn Julian stolpert beim Rückwärtsfahren. Es ist aber auch so voll, dass ich mich frage, wie er das überhaupt hinkriegt. Reflexartig strecke ich die Hände aus, um ihn festzuhalten. Julian hat offenbar den gleichen Reflex, und ehe ich an Leonies Tipp überhaupt denken kann, ist es tatsächlich schon passiert und wir fahren Hand in Hand. Na gut, Handschuh in Handschuh, aber es ist trotzdem ein irres Gefühl, auf einmal so miteinander verbunden zu sein.

Wir sagen eine ganze Weile gar nichts, lächeln nur und gleiten weiter übers Eis. Als ich gerade überlege, dass ich dringend etwas sagen sollte, bevor es peinlich wird, sagt Julian was. Vielleicht hat er ja das Gleiche gedacht?

»Willst du auch mal rückwärtsfahren?«

»Kann ich doch gar nicht.«

»Schon vergessen? Mit 'nem super Lehrer kann man alles.«

Bevor ich protestieren kann, hat Julian mit mir eine halbe Drehung vollführt, hält mich fest, als ich ins Rutschen komme und schiebt mich – immer noch Hand in Hand – nun rückwärts vor sich her. Auch wenn er mir erklärt, wie ich mich schlangenlinienartig mit den Schlittschuhen nach außen abdrücken muss, kriege ich es diesmal nicht hin. Es ist alles zu viel. Zu viele Leute, zu viele Gedanken, zu viele Gefühle.

Niemals hätte ich freiwillig Leonies Rat umgesetzt und mich fallen lassen, nur um aufgefangen zu werden. Aber beim Rückwärtsfahren strauchle ich tatsächlich in der Kurve, bleibe mit den Kufen hängen und stürze nach vorne und damit direkt in Julians Arme. Für einen Augenblick friert die Welt ein. Wir verharren in unserer Umarmung, mein Gesicht an seiner Brust, ich glaube sein Herz klopfen zu spüren, so nah war ich noch nie einem Jungen. Ein völlig neues Gefühl von Wärme überwältigt mich, wellenartig rauschen Liedfetzen in mein Ohr, »miss you« ... »kiss you« ... »love you«. Wir stehen ganz still auf dem Eis und trotzdem schwebe ich gleichzeitig schwerelos.

Spottendes Gelächter zerstört diesen wunderschönen Moment. »Hey Babysitter, seit wann stehst du auf kleine Kinder?«, feixt Satteldieb Max mit einer Gruppe anderer, um uns herumkreiselnder Typen; bestimmt alles Eishockeyspieler aus seiner Mannschaft. Julian schaut Max wütend an, gleichzeitig lässt er mich los.

»Besser als auf Klauen.« Er antwortet zwar schlagfertig, aber er stellt dabei nicht richtig, dass ich *kein* kleines Kind mehr bin. Also bin ich ihm wohl wirklich peinlich mit meiner Größe.

»Los, Alter, schick deine Freundin Sandmännchen gucken.«

»Ist nicht meine Freundin«, wehrt sich Julian. Das stimmt natürlich. Aber ich fühle mich trotzdem so unsagbar enttäuscht, nach dem was vor wenigen Augenblicken noch zwischen uns beiden war.

»Aber Hand in Hand fahren? Von wegen nicht dein Girl«, meint jetzt auch einer der Jungs und lacht dabei höhnisch.

»War 'ne Hilfestellung zum Üben. Sie hat's grad erst gelernt.«

Es fühlt sich an, als hätte er mir mit der scharfen Schlittschuhkufe den Bauch aufgeschlitzt.

»Dann kannst du erst recht mitkommen. Schon vergessen? Neue

Moves checken.« Derjenige, der das sagt, tänzelt total krass die Füße übereinander setzend auf dem Eis. Ich würde das nicht einmal ohne Schlittschuhe schaffen, aber was spielt das jetzt für eine Rolle? Ich will nie mehr Schlittschuh laufen.

»Als neuer Kapitän ist mindestens 'ne Runde Cola fällig. Wir haben gestern gesiegt, und warum, Leute?« Max gibt ein Zeichen und alle grölen: »Willst du deinen Gegner halten – musst du ihm das Schienbein spalten!« Julian macht auch noch mit, anschließend zerren sie ihn vom Eis. Kurz dreht er sich dabei noch zu mir um. »Hab ich beim letzten Spiel ausgemacht, zum Einstand. Ich komm wieder.«

»Tussen muss man warten lassen«, höre ich einen aus der Gruppe noch lachen, bevor sie weg sind.

Ich bleibe so fassungslos stehen, dass mich einige Leute beim Vorbeifahren rammen. Ich merke es, fühle es aber nicht, bin wie betäubt, alles verschwimmt vor meinen Augen, ich sehe kaum etwas, als ich zum Türchen stolpere, das vom Eis führt. Nur weg von hier.

Ich sitze in der Umkleide, ziehe die Schlittschuhe aus, und plötzlich fällt mir ein, dass ich ja schon wieder dabei bin abzuhauen. Wie beim Eishockeyspiel, wie beim Streit über den Sattel, wie beim Überfall im Garten. Warum ziehe eigentlich ich immer den Schwanz ein? Julian ist der feige Hund. Ich wische meine Tränen ab und schnüre meine Schlittschuhe fest. Ich werde zurück aufs Eis gehen und stolz und allein bis zum Ende der Eisdisco fahren.

Kaum drehe ich drei Runden, fährt Julian an mich heran. »Ich hab dich schon gesucht.«

»Ich dich nicht.«

»Ich musste den Jungs echt einen ausgeben.«

Ich bremse mithilfe der Bande ab, beim Fahren kann ich mich nicht aufs Reden konzentrieren. »Immer für alle zahlen. Du glaubst wohl wirklich, alles kaufen und darum machen zu können, was du willst. Aber nicht mit mir.«

»Was regst du dich jetzt wegen dem Ausgeben auf?«

Ich hole tief Luft. »Du wolltest wissen, warum ich bei euch im Garten war.«

»Genau. Ich wollt dich heute eh noch mal danach fragen.«

Ich hatte mir eigentlich überlegt, dann grinsend zu antworten, dass Männer doch Frauen mit Geheimnissen mögen, und den Grund meines Gartenbesuchs also gar nicht aufzulösen. Aber so wie sich Julian verhält, kann er auch die Wahrheit aushalten, zumindest einen Teil meiner damaligen Wahrheit.

»Weil du voll arrogant warst, als wir mit der Klasse hier waren. Du hast getan, als würde dir das Eisstadion gehören. Dann hab ich euren Namen am Briefkasten gelesen und wollte einfach sehen, ob du daheim genauso großkotzig lebst.«

Julian stutzt, sieht mich merkwürdig an und räuspert sich dann. »Und jetzt komme ich dir immer noch großkotzig vor?«

Ich nicke. »Und feige.« Schließlich hat er mich vorhin verleugnet. Da eh schon alles mit uns aus ist, kann ich auch ganz offen sein, ich habe nichts mehr zu verlieren. Ich imitiere einen dieser widerlichen »Ich bin so megawichtig«-Typen: »Cool mit fünfzig Euro zahlen, den Verleih checken, die Kleine dafür stehen lassen, der halben Eishockeymannschaft was spendieren, den King markieren, und mit den Jungs auch noch lässig die Tussi dissen.«

Julian schluckt. »Was soll ich tun, damit du mir glaubst, dass ich kein arroganter Arsch und erst recht kein Feigling bin?«

»Lass dir was einfallen«, sage ich schulterzuckend, weil mir selbst gerade nichts einfällt. Ich weiß nicht einmal, ob er das überhaupt wiedergutmachen kann. Julian zahlt alles, und dafür glaubt er mich behandeln zu können, wie er will, und mich einfach fallen lassen zu können wie eine heiße Kartoffel. Plötzlich wird es wirklich warm an meinem Mund. Erst im allerletzten Moment begreife ich, was Julian tut. Ich stoße ihn von mir.

»Spinnst du?!« Er kann mich doch nicht allen Ernstes *jetzt* küssen? Einen falscheren Augenblick gibt es dafür nicht. Es ist für mich nur der richtige Augenblick, endgültig zu gehen. Weg von meinem ersten Date, meinem ersten Händchenhalten und meinem fast ersten Kuss. Obwohl das alles eigentlich super klingt, ist es die größte Enttäuschung meines Lebens.

15. Dezember

Mein Bauch gibt keine Ruhe, aber das kommt nicht von einem tollen Kribbeln, sondern von zu viel Kalorien. Nach der Eisdisco habe ich wie in Trance alle vom 1. bis 14. Dezember noch vorhandenen Wollsockenadventskalenderinhalte aufgefuttert. Mit irgendetwas Süßem musste ich mich trösten, nachdem Julian, der eigentliche süße Inhalt meines Sonntags, mich so enttäuscht hat. Immerhin habe ich dafür nicht geweint, sodass ich unverquollen und ungeschminkt in die Schule gehen kann, aber eben auch unverliebt und ungeküsst.

Als ich am Montagmorgen mein Handy einschalte, habe ich zwei Nachrichten von Julian. Obwohl ich es nicht will, kribbelt's jetzt doch wieder. Ich möchte die Nachrichten am liebsten sofort löschen und damit auch Julian aus meinem Leben. Aber Neugier, Hoffnung und Gerechtigkeitsgefühl kämpfen wie die drei Musketiere dagegen an und gewinnen.

Julians erste Nachricht ist noch von gestern Abend: »Du bist einfach weg. Auch wenn nicht alles super lief, abhauen finde *ich* erst recht feige.«

Ich find's fies, mir jetzt einfach das Gleiche vorzuwerfen. Außerdem bin ich eben *nicht* abgehauen. Ich kam ja von der Umkleide extra wieder zurück aufs Eis. Aber da es danach noch viel schlimmer wurde, habe ich wenigstens das Recht, mich zu schützen.

Heute früh um sechs Uhr die nächste Nachricht: »Ich denke, du hast nie Angst? Wenn das stimmt, dann melde dich.«

Mist, er packt mich bei meiner Ehre. Aber während ich überlege, ob ich zurückschreiben soll, fällt mir etwas ganz anderes auf. Julians Nachricht ist von sechs Uhr. Er muss also verdammt schlecht geschlafen haben, wenn er so früh wach war und an mich gedacht hat. Ich fühle mich deshalb gleich besser, aber trotzdem ist das kein Grund, ihm zu antworten. Wer sich benimmt, als müsste ich ihm dankbar sein, wer mich vor seinen Freunden verleugnet, als wäre ich nichts wert, und wer mich ausgerechnet im allerunromantischsten Moment küssen will, in dem sich die Liebe längst vom Eis geschlichen hatte, der kann einfach nicht der Richtige sein.

Gerade als ich zur Schule aufbreche, kommt Julians nächste Nachricht: »Gestern hat mich ein Floh gebissen: Es juckt und schmerzt. Nur du hast das Gegenmittel, hilf mir!«

Ich find's ja beinahe schon wieder witzig, was er sich einfallen lässt. Aber einfallen und reinfallen liegen leider zu dicht beieinander und ich will das nicht noch einmal. Dafür bin ich mir zu schade.

In der Schule wartet Leonie zu allem Unglück auch noch mit brennender Begeisterung auf meinen glühenden Liebesbericht. »Hat sich ausgeglüht«, sage ich, und schon vibriert mein Handy wieder.

»Das ist Julian, sonst schreibt dir um die Zeit nie einer. Von wegen ›ausgeglüht‹, wenn er heute Morgen schon so eine Sehnsucht nach dir hat.« Leonie jubelt und ich kann nichts dagegen tun, dass ich plötzlich selbst glühe.

»Rote Wangen – heiße Liebe, sag ich doch«, freut sich Leonie. Aus einem Reflex heraus halte ich ihr Julians Nachricht hin. Es geht sie eigentlich nichts an, aber es ist einfacher, sie lesen zu lassen, als ihr lange erklären zu müssen, dass es total schiefgelaufen ist.

»Vielleicht war's gestern echt doof von mir, aber eine zweite Chance hat doch jeder verdient? Ich bring beim Treffen auch keine rosa Blumen mit!«

Leonie kichert, die findet das auch noch witzig. Gut, ich finde das mit den rosa Blumen auch schlagfertig, aber deshalb knicke ich nicht sofort vor Julian ein wie ein dünner Blumenstiel.

»Tut mir leid fürs Lachen, und noch mehr dafür, dass es gestern wohl doch kein so traumhaftes erstes Date war«, entschuldigt sich Leonie immerhin wieder. »Was ist denn so schiefgelaufen?«

»Alles.« Leonie schaut mich durchdringend an.

»Vergiss das mit Julian, so wie ich auch. Der ist einfach doch ein arroganter Arsch«, kläre ich sie knapp auf.

»Du bist auch nicht immer die Allerlieblichste, wenn ich mir die Bemerkung erlauben darf, liebe Floh. Vielleicht hast du gestern ja vor lauter Aufregung die XXL-Kratzbürste ausgepackt?«

»Hab ich nicht. Aber wenn du Wert drauf legst, pack ich sie heute gern für *dich* aus.« Nicht einmal Leonie hält mehr zu mir.

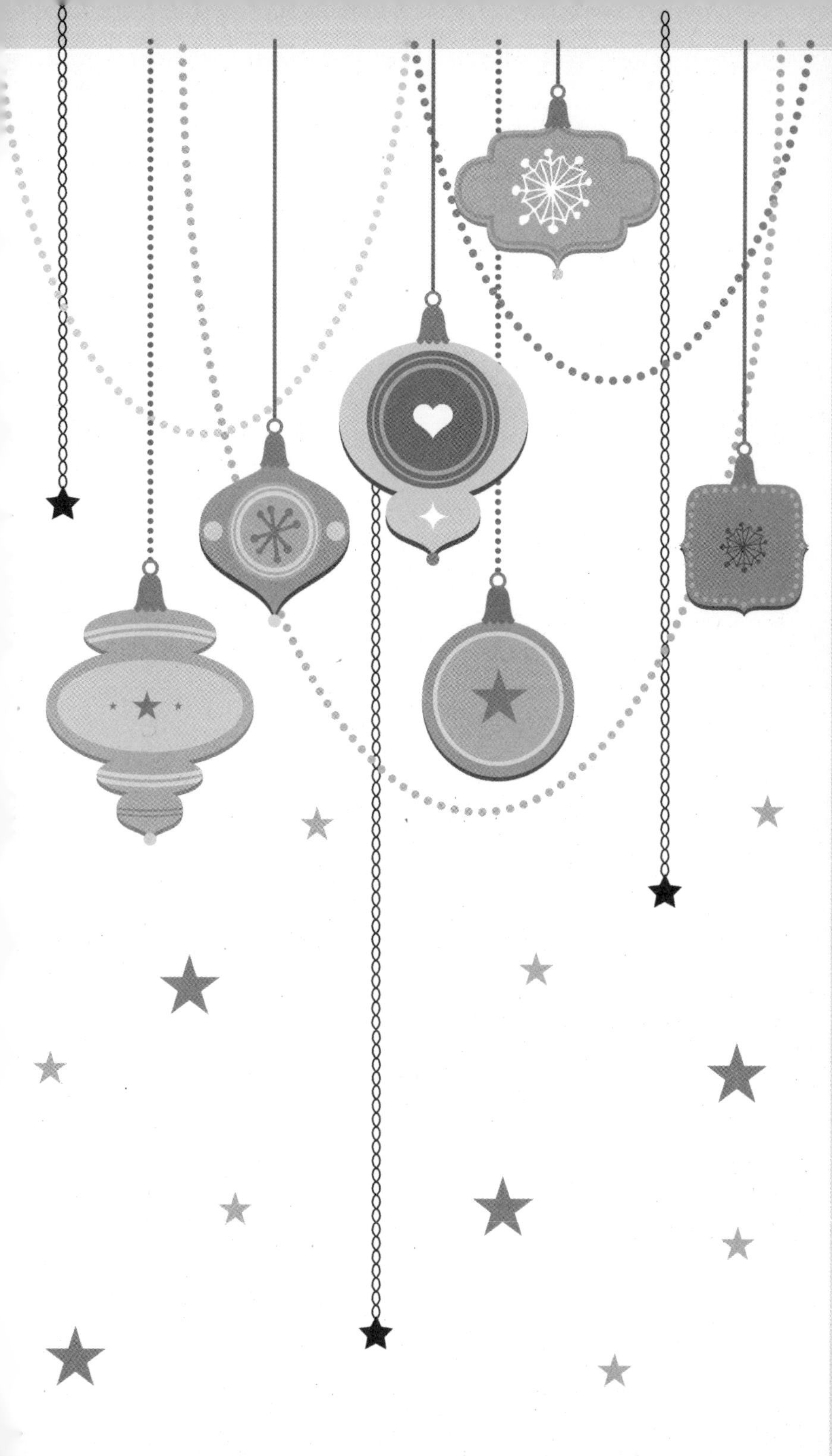

In Frau Rospens Unterricht versuche ich mich zusammenzureißen, aber mir ist kotzübel. Es ist einfach alles zu viel, nicht nur das mit Julian, auch die Schokomasse in mir. Ich renne aufs Klo und übergebe mich. Danach guckt mich Leonie wenigstens nicht mehr vorwurfsvoll, sondern nur noch mitleidig an. Besser geht's mir trotzdem nicht. Als ich ein zweites Mal aufs Klo flitze und offenbar gespenstisch blass aussehe, schickt mich Frau Rospen nach Hause. »Du wirst dir den Magen-Darm-Virus eingefangen haben, der gerade kursiert. Bevor du alle Mitschüler ansteckst, soll dich deine Mutter ins Bett stecken. Die kennt sich ja gut mit so was aus.«

Ich verzichte darauf, Frau Rospen gegenüber richtigzustellen, dass mich eine linke Bazille namens Julian getroffen hat, und höchstens ein Arroganz-Antibiotikum hilft. Zudem ist meine Mutter die Allerletzte, die sich damit auskennt, denn die ist zurzeit ja high vor lauter Liebesdroge. Frau Rospens Angebot nehme ich trotzdem dankend an, fahre heim und verkrieche mich im Bett. Bis meine Mutter gegen Abend von ihrer Schicht kommt, habe ich wenigstens meine Ruhe.

Fast meine Ruhe, denn Julian lässt nicht locker und schickt ständig neue Nachrichten, zum Beispiel: »Wo bist du? Denk an Rosa Luxemburg, die hat sich ihren Gegnern auch gestellt.«

Jetzt bezeichnet er mich schon als seinen »Gegner«. Dann ist wirklich alles klar und das mit uns hat sich endgültig erledigt. Also natürlich hatte es sich vorher auch schon erledigt! Ich überlege, Folgendes zurückzuschreiben: »Error #14122015: Nachricht kann nicht gesendet werden, die gewählte Rufnummer ist falsch.« Aber das kommt mir leider doch zu verlogen vor. Dann bin ich wirklich feige und tue genau das, was ich Julian vorwerfe. Doch ihm stattdessen klar zu schreiben »Lass mich in Ruhe!«, bringe ich nicht fertig. Was ist los mit mir? Nur fünfzehn Zeichen bis zum Ziel und ich schaff's trotzdem nicht über die Linie.

Mit dem Handy in der Armbeuge muss ich eingeschlafen sein. Als ich früher statt dem Handy ein Kuscheltier im Arm hielt, war mein Leben echt einfacher, und von einem richtigen Kuschelpartner bin ich so weit entfernt wie Abba von 'nem neuen Nummer-1-Hit.

Immerhin sieht meine Mutter trotz ihres eigenen Höhenflugs, dass es mir elend geht. Aber ausgerechnet mit ihr über Liebeskummer zu reden, geht gar nicht. Mit Zwieback gegen Herzschmerz und Kamillentee gegen Kribbelabstinenz tut sie zwar ihr Bestes, doch wirklich helfen kann sie mir natürlich nicht.

Spät abends kommt eine weitere Nachricht von Julian: »Du hast gesagt, Länge ist nicht gleich Größe. Dann beweis mir, dass du die Größe hast, mir eine Chance zu geben.«

Mein Loch im Bauch kommt nicht daher, dass ich mich übergeben habe und doppelt leer fühle, sondern davon, dass etwas an mir nagt. Der Gedanke nämlich, dass an Julians Aufforderung etwas dran ist. Dann aber drängen sich wieder die Bilder der Eisdisco vor mein inneres Auge und verunsichern mich. Vielleicht sollte ich doch mit Leonie reden? Komisch, wie einem jemand wichtig wird, den man vor zwei Wochen noch furchtbar fand. Irgendwie genau wie bei Julian, nur umgekehrt. Mit Leonie ging's aufwärts, mit Julian war's 'ne rasante Schlittenfahrt vom höchsten Gefühlsgipfel ins tiefste Tal, aus dem ich jetzt nicht mehr herausfinde.

Am Dienstag geht's mir zwar körperlich besser, aber seelisch noch schlechter. Keine einzige Nachricht von Julian. Wieso meldet der sich nicht mehr? Habe ich ihm also wirklich so wenig bedeutet, wenn er nach einem Tag schon aufgibt?

Leonie überfällt mich in der Schule auch noch sofort. »Und, hast du ihm geschrieben?«

»Danke für dein Mitgefühl. Ja, meinem Magen geht's besser.«

»Ich habe sowieso nicht an ein Virus geglaubt. Höchstens, wenn es jetzt nach Vogelgrippe und Schweinegrippe auch Juliangrippe gibt«, flachst sie. »Also, hast du dich gemeldet?«

»Er meldet sich ja auch nicht mehr.«

Leonie grinst nur. Bis zur zweiten großen Pause immer noch kein Lebenszeichen von Julian. Ich fordere sie auf, mir eine Nachricht zu senden, nur zur Sicherheit. Vielleicht ist ja mein Handy kaputt. Leonie grinst noch mehr und steckt sich ihren Bleistift durch die Geisha-Frisur. Ich werde wütend auf sie, dabei weiß ich, ich bin ei-

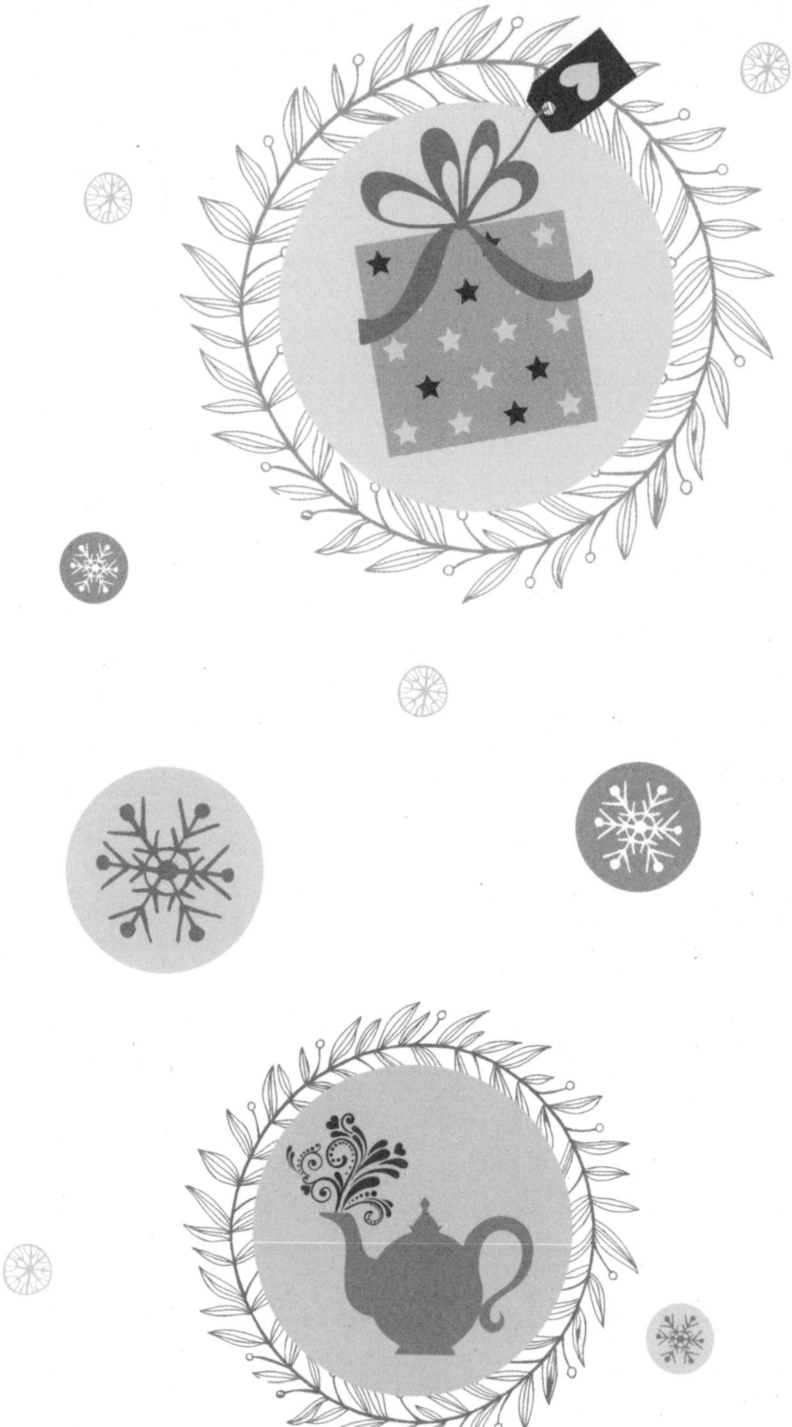

gentlich wütend auf mich, weil ich Julian nicht vergessen kann, und bin wütend auf Julian, weil der sich nicht mehr meldet und an dem ganzen Schlamassel, in dem ich stecke, überhaupt schuld ist. Nach der Schule halte ich es nicht länger aus, erzähle Leonie doch alles und hoffe, sie hilft mir da raus.

»Und ausgerechnet dann wollte er mich küssen!« Ich tippe mir an die Stirn.

»Aber das ist doch eindeutig der Beweis, dass er dich liebt.«

»Das ist höchstens der Beweis, dass er spinnt. Er glaubt, einfach alles mit mir machen zu können. Außerdem waren seine Freunde nicht da. Wenn die dabei wären, würde er sich eh nie trauen.«

»Du müsstest ihm erst einmal die Chance dazu geben.«

»Oh ja, super Idee. Am besten fahre ich zum nächsten Eishockeyspiel und sag vor Max und den anderen zu ihm: Komm her und küss mich, wenn du dich traust«, höhne ich.

»Das würdest du dich aber selbst nicht trauen.«

Stimmt. »Und jetzt?«

»Ehrlich währt am längsten. Melde dich und rede ganz offen mit ihm. Danach kannst du, je nachdem wie er darauf reagiert, immer noch entscheiden, wie's weitergeht.«

»Gibt's keine Alternative?«, seufze ich.

Leonie grinst. »Doch.«

Ich horche dankbar auf. »Welche?«

»Vergiss ihn.«

Ich seufze noch mehr. »Ist aber alles andre als einfach.«

»Vor allem, wenn er direkt vor einem steht.« Leonie stößt mich an und zeigt nach vorne. Ich halte mich an ihr fest, mir wackeln die Knie. Julian steht tatsächlich vorm Fahrradhof. »Der traut sich was. Nimm dir ein Beispiel, Floh, der lohnt sich echt.« Damit gibt Leonie mir einen Schubs Richtung Julian und verschwindet. Er lächelt verkrampft.

»Hi Floh, wollt' jetzt nicht deine beste Freundin vergraulen.«

»Ist bloß meine beste Feindin.«

»Bei dir ist wohl nichts so wie bei anderen?« Sein Lächeln wirkt jetzt immerhin schon ehrlicher.

»Wie auch? Bei meiner Größe. Und bei dem schlechten Geschmack, was Jungs betrifft.« Mein Mundwerk ist mutiger als ich.

»Wenn du *mich* meinst mit schlechtem Geschmack: Geschmack ist ja relativ. Sehr relativ. Soll sogar Leute geben, die Rosa mögen.«

Raffinierte Antwort, muss ich zugeben. Ich habe nämlich keine Ahnung, ob er mit »Rosa« die Farbe oder meinen Namen meint, also mich. Wobei ich dann natürlich immer noch keine Ahnung hätte, ob er zu denen gehört, die mich mögen oder nicht. Aber wenn, könnte mir das eigentlich auch wieder egal sein, weil ich ihn ja eh nicht mehr mag.

Als ich noch in diesen Gedankengängen herumirre, redet Julian schon weiter. »Also ich zum Beispiel«, sagt er, »ich mag ja Rosa.« Julian kommt mir jetzt selbst irgendwie rosa vor im Gesicht. »Hab ich bisher nicht so gesagt, stimmt aber. Auch wenn Rosa nicht gleich Rosa ist. Gibt ja viele Schattierungen. Manche find ich nicht ganz so super, andre sind echt cool. Würd ich mir auf jeden Fall gern näher anschauen. Also wenn du verstehst?«

Ich verstehe ihn tatsächlich und finde seinen Sprachwitz so cool, dass ich versuche, darauf einzusteigen. »Manche sagen zwar, sie mögen Rosa. Aber wenn dann andre dabei sind, die Rosa nicht mögen, finden sie's plötzlich auch daneben.«

»War auch daneben, echt.« Julian druckst herum, bevor er's endlich rausbringt. »Aber wir kennen uns noch gar nicht so, und es ist ja auch nicht klar, was das jetzt ist und überhaupt ... bevor da irgendwelche Typen mitquatschen und mir was reinreden, wollt ich das alles erst mal für mich abchecken.«

Julian sieht jetzt mehr als rosa aus, und ich bin plötzlich mehr als beschämt, denn vor Kurzem habe ich Leonie gegenüber bestritten, dass ich irgendetwas für Julian empfinde. Ich wollte es auch erst einmal für mich checken, selbst damit klarkommen und dieses Geheimnis nicht teilen. Ich habe genau das Gleiche getan wie er. Weil ich genauso fühle wie Julian? Also gefühlt habe, bis letzten Sonntag. Oder gerade wieder zu fühlen beginne ...

Auf einmal wackeln meine Knie wieder genauso wie vorhin, aber diesmal aus einem ganz anderen Grund.

16. Dezember

Ich bin mit Julian zum Schlittschuhlaufen verabredet.

Ich weiß, dass das total blöd klingt. Ich verhalte mich unglaubwürdig und mache mich lächerlich, denn ich wollte nie wieder eislaufen gehen und schon gar nicht mit Julian. Aber nachdem er mir so ehrlich offenbart hat, wieso er vor seinen Eishockeykumpeln geschwiegen hat, musste ich anerkennen, dass er doch nicht so feige ist. Jetzt klebt nur noch seine Arroganz an ihm, die ich ihm versuche abzukratzen, als er mir seinen Vorschlag macht.

»Gibst du mir also 'ne zweite Chance?«

»Wenn's keine Eisdisco ist.«

»Lief echt krass daneben mit den Jungs, aber das Schlittschuhlaufen an sich war doch alles andre als übel?«

Wenn ich an diesen einen eingefrorenen Augenblick zurückdenke, der so perfekt schien, als wir Hand in Hand voreinander standen, dieser Lovesong in unser Herz eindrang, die bunten Lichter sich wie eine warme Decke über uns ausbreiteten und wir uns trotz aller Leute um uns herum zu zweit allein fühlten – ja, dann war es wirklich »alles andre als übel«.

Da ich heute noch einmal Flyer für den Weihnachtszirkus verteilen muss, kommt mir eine im wahrsten Wortsinn naheliegende Idee.

»Wir könnten mal auf den Eisplatz am Weihnachtsmarkt gehen.«

Julian nickt erleichtert. »Heute?«

Na, der verliert echt keine Zeit. Weil es ihm tatsächlich so wichtig ist, also *ich* ihm wichtig bin? Leider kann ich das nicht so schnell herausfinden, wie ich gern möchte. »Heute kann ich nicht.«

»Und morgen Nachmittag? Ich hol dich auch ab.«

Bloß das nicht. Am Ende will er noch unsere Wohnung sehen, die insgesamt kaum größer ist als sein Zimmer und zudem halb voll hängt mit bunt von der Decke baumelnden, selbst gestrickten Wollsocken.

»Musst du nicht«, winke ich großzügig ab. »Wir treffen uns direkt an der Kasse, um zwei?« Ich schlage diese frühe Zeit vor, weil meine Mutter ab vier Uhr daheim wartet, um für die Klassenarbeit am Donnerstag mit mir zu lernen, was ich leider echt nötig habe, aber Julian lieber nicht sagen will.

»Ziemlich früh, zwei Uhr.«

»Zwei Uhr – zweite Chance, passt doch.« Es klingt auch viel besser als Lernen für die Klassenarbeit.

Julian sieht mich eindringlich an. »Hättest du dich eigentlich überhaupt noch bei mir gemeldet, wenn ich heute nicht vor deiner Schule gestanden wäre?«

Ich nicke betont lässig. »Ich wollte bloß erst mal sehen, ob du was von mir gelernt hast, also hartnäckig sein und nicht gleich aufgeben.« Ich fühle mich so erleichtert über unsere Aussprache, dass mir schon lockere Sprüche über die Lippen kommen.

»Dafür lernst du morgen beim Schlittschuhlaufen wieder was von mir«, grinst Julian. Jetzt ist die Zeit gekommen, ihn von seinem Arroganzross runterzuholen. »Nur, wenn ich selber zahlen darf, und zwar Eintritt *und* Verleih.«

»Aber ich lad dich echt gern ein, Floh. Außerdem hab ich einfach viel mehr Geld, dafür kann ich nix.«

»Ich verdien selbst genug. Also könnte ich dich auch einladen, ich tu's bloß nicht.«

Ich will ihm nicht für was auch immer dankbar sein müssen, denn ich kann ihm unmöglich erklären, dass man Liebe nicht mit Dankbarkeit vermischen soll. Sonst wüsste er ja sofort, was mit mir los ist. Außerdem muss ich – nach allem, was war, und so frisch, wie das gerade wieder mit uns anläuft – bei unserem nächsten Date erst einmal neu herausfinden, wie verliebt ich wirklich bin.

Julian erklärt sich zum Glück einverstanden, dass jeder selbst zahlt, und hängt nicht mehr den großkotzigen Macker raus. Unser zweites richtiges Date steht!

Der 16. Dezember ist exakt die Mitte des Monats. Nachdem die erste Hälfte wie eine EKG-Herzkurve heftig nach oben und gleich wieder nach unten ausgeschlagen hat und mein Leben im absoluten Zickzackkurs zwischen Liebe und Hass verlaufen ist, hoffe ich, dass dieser Mittel- auch ein Wendepunkt sein wird und ab jetzt endlich alles richtig läuft mit Julian und mir.

Natürlich erzähle ich am Mittwochmorgen Leonie von unserem

SPECIAL
PERFECT
OPEN
BIG!

FANTASTIC
OH!
SUPER

Neustart. Schließlich hat sie unser Treffen am Fahrradhof live mitgekriegt. Doch sie freut sich überhaupt nicht.

»Ich will einfach nicht, dass du wieder enttäuscht wirst.«

»Du hast mir selbst gesagt, ich soll Julian treffen.«

»Aber nicht ausgerechnet wieder auf dem Eis.«

»Diesmal ist es ohne die Jungs.«

»Eben. Vielleicht ist es mit ihm allein sogar schön, aber wenn andere dabei sind, lässt er dich dann doch wieder fallen.«

»Hauptsache, er lässt mich nachher nicht wirklich fallen, wenn *ich* falle«, grinse ich. »Sich auffangen lassen, festhalten, Hand in Hand weiterfahren – hast du mir alles geraten, und das geht ohne Gaffer drumherum viel besser.«

»Du willst es wirklich wissen, Floh, oder?«

Ich nicke mutig. »Heut oder nie.«

Da es wärmer geworden ist und wir nur eine Stunde auf dem Eis verbringen werden, muss ich mir um lange Unterhosen zum Glück keine Sorgen machen. Im Wildledermantel mit Jeans, Handschuhen und meiner vielleicht nicht top angesagten, aber irgendwie verwegen aussehenden selbst gestrickten Baskenmütze, in der ich mir immer noch mutiger vorkomme, als ich eigentlich bin, stehe ich an der Kasse und erwarte Julian, eine wunderschöne Schlittschuhstunde und hoffentlich auch ein Gefühl von Liebe. Der erste dieser drei Wünsche wird schon mal erfüllt: Julian kommt.

Er hat auch echt etwas begriffen, denn er lässt mich zahlen, meine Schlittschuhe selbst ausleihen und ist überhaupt ziemlich zurückhaltend. Genau wie ich. Ich beobachte ihn und merke, wie er mich auch beobachtet. Wir reden wenig, weil wir vielleicht beide das Gefühl haben, sonst wieder etwas kaputtzumachen, was gerade erst im Entstehen ist. Also bloß nichts Falsches sagen. Aber auch bloß nicht völlig verkrampfen und die ganze Zeit schweigen. Wenn ich nur wüsste, ob es an mir liegt und ich einfach schwierig bin oder ob es allen bei ihren ersten Verabredungen so geht.

Ich stakse angespannt aufs Eis. Julian scheint meine Verkrampfung zu spüren, wenngleich nicht den wahren Grund dafür.

»Guck, die haben sogar Eiszwerge. Wenn du dich damit besser fühlst, leihen wir einen. Du darfst ihn natürlich auch selbst zahlen«, grinst er.

»Was brauch ich 'n Zwerg, wenn ich dich hab?« Meine kleine große Klappe war mal wieder zu schnell für meinen Kopf. Rasch weiterreden, Floh, ermahne ich mich. »Dir fehlen bloß zwei Haltegriffe.« Oh nein, ich mach's ja noch viel schlimmer. Ihm fehlen Haltegriffe – wie peinlich ist denn *der* Satz?! Julian macht eine halbe Drehung auf seinen Schlittschuhen und fährt rückwärts vor mir her, dabei streckt er mir seine Hände entgegen. »Zwei Griffe oder zwei Hände – festhalten geht immer.«

Wir sehen uns einen Moment lang an, und obwohl nach außen hin überhaupt nichts passiert, kann ich genau spüren, wie sich innerlich so viel verändert. Es ist fast wie unser Ewigkeitsmoment in der Eisdisco. Ich bin überrascht, dass aus meinen Handschuhen keine Funken schlagen, so sehr fühle ich es körperlich knistern, als ich Julians Hände berühre. Dann schießt der Stromschlag bis in mein Herz. Ich spüre das Kribbeln erstaunlicherweise gar nicht im Bauch, sondern in den ganzen Armen, wie einen elektrischen Impuls, ein irres Gefühl. Zum Glück hält Julian mich richtig fest und sieht auch nicht so aus, als wolle er mich bald loslassen. Wir fahren einige Runden verbunden miteinander schweigend weiter und sehen uns in die Augen. Irgendwann fragt Julian: »Du auch noch mal rückwärts?«

Ich nicke, er dreht mich behutsam um und schiebt mich dann rückwärts vor sich her. Wir lächeln uns selig an und sehen dabei wahrscheinlich wie die größten Volltrottel aus, aber was macht das schon? Ich bin der glücklichste Mensch auf Erden.

Dieses Glück wird sogar noch größer, als Julian meint, ich beherrsche nicht den richtigen Rückwärtswellenschwung. Mir ist das eigentlich egal, und ich wundere mich über seinen Ehrgeiz, bis ich merke, was er wirklich will. Statt mich rückwärts vor sich herzuschieben, fährt Julian nun dicht hinter mich, sodass wir beide in Rückwärtsrichtung stehen.

»Um die Wellenbewegung hinzukriegen, musst du abwechselnd mal mehr Druck auf den linken und dann rechten Fuß bringen und

dich damit nach hinten abstoßen. Ich zeig es dir. Deine Beine müssen einfach nur im gleichen Rhythmus wie meine schwingen, dann spürst du, wie's sein soll.«

Ich spüre jetzt schon, wie's sein soll, beziehungsweise sein könnte mit uns, als Julian ganz nahe hinter mir steht und seine Hände auf meine Hüften legt. Ich spüre seinen Körper an meinem Rücken, seinen Atem, seine Wärme und möchte, dass er immer so dicht bei mir bleibt.

Als Julian langsam mit mir losfährt und dabei mit seinen Händen auf meinen Hüften den Rhythmus vorgibt, geht ein so intensives Kribbeln durch meine Beine, dass ich hörbar seufze. Es ist mir total peinlich, aber Julian schiebt es zum Glück auf meine Anspannung wegen des Rückwärtsfahrens.

»Bleib ganz locker, Floh«, sagt er mit selbst nicht ganz so locker klingender Stimme. Mein Problem ist eher, dass meine Beine viel *zu* locker sind, um einen Druck aufzubauen, und vor lauter aufregendem Kribbeln zittern.

Nach einiger Zeit kriegen wir aber tatsächlich irgendwie beide das perfekte Gefühl füreinander, stoßen uns im gleichen Rhythmus ab und fahren mit synchron wiegendem Hüftschwung aneinandergelehnt rückwärts. Solange ich es schaffe, nicht nachzudenken, sondern mich einfach treiben zu lassen, gleiten wir in absolut harmonischem Gleichtakt übers Eis. Julian hält mich von hinten umarmt an meinen Hüften, ich halte mich an seinen Armen und wünschte, wir könnten ewig gemeinsam weiterschweben.

Verrückt, die intensivsten Momente mit Julian erlebe ich immer dann, wenn ich ihn gar nicht sehe, nur spüre. So wie bei meinem allerersten Mal auf Eis, als er von hinten schiebend irre schnell mit mir fuhr und ich mich so schwerelos fühlte, als würde ich fliegen; und heute, als er von hinten zieht und ich wieder glaube zu schweben, obwohl wir diesmal nur ganz langsam dahingleiten. Wenn es also dann am schönsten ist, wenn ich ihn nicht sehe, heißt das, dass es tatsächlich gar nicht wichtig ist, wie jemand aussieht, Hauptsache, das Gefühl stimmt? Mein Glücksgefühl stimmt heute jedenfalls perfekt.

Ich weiß überhaupt nicht genau, wann und wie wir uns wieder voneinander lösen. Auf einmal fahren wir vorwärts zusammen weiter, und Julian nimmt dabei meine Hand, obwohl es als Hilfestütze oder Haltegriff komplett unnötig wäre.

Außer ein paar wenigen Kindern mit Eltern haben wir fast das ganze Eis für uns und sind wie in einer anderen, eigenen Welt. Mit den überall um die Eisfläche rankenden Tannenzweigen, dem glitzernden Schnee und den romantischen »Christmas«-Hits aus den Lautsprechern ist mir so märchenhaft zumute, als wäre heute schon Weihnachten und Julian mein schönstes Geschenk.

Eigentlich fehlt jetzt nur noch eins: der Kuss. Als wir am Ende unserer Eislaufzeit anhalten, Julian mich dabei auffängt, weil ich noch nicht gut bremsen kann, und wir umarmt an der Bande lehnen, liegt dieser Kuss schon spürbar zwischen uns in der Luft. Wir sehen uns intensiv an, ich versinke in Julians hellen Augen wie in einem klaren See, aus dem ich nie wieder auftauchen möchte.

Obwohl die Situation eindeutig ist, verharren wir beide reglos, und ich erkenne plötzlich: Da Julian fast zwei Köpfe größer ist als ich, müssten wir uns zum Küssen ziemlich verrenken. Dagegen bin ich relativ betrachtet ein Sitzriese. Ein erster Kuss auf Julians Sofa wäre also viel besser. Vor allem wären wir dort auch ungestört.

Hier auf dem Weihnachtsmarkt könnte meine Mutter mit ihrem Lover herumlaufen oder Julians Eishockeyfreunde könnten auftauchen. Überhaupt wimmelt es von Leuten, die eher denken würden, da knutscht ein Typ 'ne Zehnjährige. Aber ein erster Kuss gehört nur uns beiden. Einen so entscheidenden Moment, den man wahrscheinlich nie in seinem Leben vergessen wird, will ich nicht mit anderen teilen, die es nichts angeht, sondern nur zu zweit genießen.

Vielleicht geht es Julian genauso, denn auch er wagt keinen Vorstoß. Trotzdem bleibt es ein vollkommener Augenblick, in dem ich endlich sicher bin, in Julian verliebt zu sein.

»Wär cool, mal öfter zusammen Schlittschuh laufen zu gehen. Also, auch nicht *nur* immer, sondern überhaupt …«, stammelt er, und jetzt glaube ich wirklich, dass Julian auch in mich verliebt ist.

17. Dezember

Wie soll man sich nach einem so gigantischen Moment im Leben bloß aufs Lernen konzentrieren? Ich bräuchte in der Schule jetzt erst mal bis zum Wochenende »liebesfrei«, so wie hitzefrei, um von meiner Wolke herunterzukommen, auf der ich schwebe.

Stattdessen erwartet mich meine Mutter um vier Uhr zum Vokabelnabfragen für die Englischarbeit morgen.

»Du bist so anders, Rosa«, mustert sie mich aufmerksam. »Ist irgendwas?«

»Und bei dir?« Gegenfragen sind immer ein gutes Mittel, um abzulenken.

»Nichts, was soll sein?« Wenn meine Mutter, der es genauso geht wie mir, ihre Verliebtheit als »nichts« bezeichnet, kann ich das auch.

»Eben, bei mir ist auch nichts.«

Meine Mutter gibt auf und fängt mit Abfragen an. Als ich aber »ceiling« mit »feeling« verwechsle und »Gefühl« statt »Decke« sage und dann noch statt »dove« nur »love« höre und mit »Liebe« statt »Taube« übersetze, kapiert natürlich auch meine Mutter, was Sache ist. Leugnen ist also eigentlich zwecklos, aber ich tu's trotzdem, weil die Erinnerung an die letzten zwei Stunden so besonders und kostbar ist, dass ich diesen Schatz für mich allein haben möchte. Außerdem sind Julian und ich ja auch noch gar nicht offiziell zusammen.

»Wenn's so weit ist, und ich hab mal 'n ersten festen Freund, lass ich's dich wissen«, sage ich deshalb, ohne zu lügen und betont gelangweilt, in der Hoffnung, meine Mutter wechselt das Thema. Doch die redet sich gerade erst warm.

»Ich freu mich ja für dich, wenn du das erlebst. Aber gib dir Zeit dafür und prüf erst mal genau, wie ehrlich es einer wirklich meint.«

»Bloß weil du miese Erfahrungen gemacht hast, müssen nicht alle Jungs Schweine sein.« Julian würde sich nie so feige aus der Verantwortung stehlen wie mein Erzeuger und wäre überhaupt ehrlicher, da bin ich mir inzwischen sicher.

»Ich will nur nicht, dass du den gleichen Fehler machst wie ich«, sieht mich meine Mutter mit bittendem Blick an.

»Du hast doch nicht etwa Angst, dass ich schwanger werde? Wir könnten nämlich mit mir Geld verdienen, als anatomisches Wunder wie die Jungfrau Maria. Schließlich hab ich noch nicht mal meine Tage.«

»Dein Humor in allen Ehren, Rosa, aber du weißt, worum's mir geht?«, fragt sie sehr ernst.

»Ja, dass du mich gerade als ›Fehler‹ bezeichnet hast. Vielen Dank auch.«

»So hab ich's nicht gemeint, mein Schatz. Du bist wirklich das Beste, was mir in meinem Leben passiert ist. Ich hätt's nur gern mit einem Mann erlebt, der nicht sofort die Flucht ergreift, und auch ohne selber die Flucht antreten zu müssen, weil dich dein feiner Herr Opa in eine Pflegefamilie weggeben wollte.«

»Ich find's auch nicht übel mit dir, Mama, echt. Außer du stellst so Fragen wie eben.«

»Versprich mir wenigstens, dass du dich nicht Hals über Kopf auf einen einlässt, den du überhaupt nicht kennst und der's nicht ernst mit dir meint.«

»Versprochen«, nicke ich ruhigen Gewissens, bevor wir uns dann noch mehr schlecht als recht durch meine Englischvokabeln quälen. Meine Klassenarbeit morgen wird »very likely a catastrophe«, aber dafür ist mein richtiges Leben endlich keine Katastrophe mehr.

Als ich nach etlichen total schönen, aber auch ziemlich vorsichtig formulierten Nachrichten an und von Julian abends im Bett liege, an nichts außer an ihn denken kann, dabei verträumt das rot glitzernde Herz anschmachte, da erst fällt mir auf, dass ich mein Versprechen bereits gebrochen hatte, bevor ich es meiner Mutter gegeben habe. Denn ich habe mich schon auf und mit Julian »eingelassen«, wie sie es nennt, und genau genommen kenne ich ihn eigentlich immer noch so gut wie gar nicht. Aber was versteht man schon unter »kennen«? Ich weiß zwar nicht, was Julian in seinem Leben außer übers Eis schweben noch so macht und denkt. Doch dafür weiß ich, was er fühlt, und das ist erst einmal das Wichtigste.

Statt der Vokabeln lasse ich seinen Namen langsam auf meiner Zunge zergehen. Immerhin mache ich das auch auf Englisch: Dschu-li-än.

C
H
R
m
I
e
X

R
A
M
S
T
S
y

Ich kann es kaum erwarten, ihn wiederzusehen. Es ist nur eine Frage von Tagen oder vielleicht sogar nur von wenigen Stunden. Denn morgen muss ich wie jeden Donnerstag Zeitungen austragen und komme bei Julian vorbei. Wenn er daheim ist, mich reinlässt, wir ungestört in seinem Zimmer sind, auf Augen- bzw. Mundhöhe nebeneinander sitzen, dann *kann* gar nichts anderes passieren als unser erster Kuss.

Mit dieser traumhaft schönen Vorstellung schlafe ich ein, wache mit dem Gedanken an Julian am nächsten Morgen auf und überlege, ob ich ihm schon eine Nachricht schicken soll, dass ich heute vorbeikomme, oder lieber nicht. Am besten frage ich Leonie. Im Gegensatz zu meiner Mutter ist sie inzwischen in alles eingeweiht und in puncto Herzensangelegenheiten immerhin theoretisch fit – und damit mehr als ich Liebesfrischling.

»Ich würde abwarten, ob von ihm was kommt, Floh. Er weiß doch, dass du Zeitungen austrägst«, rät sie mir in der großen Pause.

»Wieso muss immer alles von den Jungs ausgehen? Es wird Zeit, dass *ich* mich melde. Sonst denkt er auch, ich traue mich nicht.«

»So gut sollte er dich jetzt kennen. Außerdem wollen Jungs keine Freundin, die immer an ihnen hängt wie eine Klette.«

»Das sagt die Richtige«, rutscht es mir heraus. Leonie schaut verwirrt. »Ich hatte noch nie einen Freund, was meinst du also mit ›sagt die Richtige‹?«

Jetzt muss ich wirklich lachen. »Nicht bös gemeint, aber du hast auch schon oft genug an mir geklettet.«

»Ohne mich wärst du ja auch verloren gewesen und hättest nie begriffen, was mit dir los ist. Ich bin so eine Art Kompass für dein Gefühlsleben und zeige dir, wie's mit Julian weitergeht. Eigentlich sollte ich Geld von dir verlangen.«

»Als Kupplerin oder was? Hat man die früher nicht gefoltert?«

»Neben dir zu sitzen, war monatelang Folter genug.«

»Wenn dir dafür inzwischen so gute Sprüche als Antwort einfallen, hat sich's doch gelohnt. Für dieses Training sollte *ich* Geld verlangen.«

»Dann sind wir ja quitt.«

»Aber noch sind Julian und ich nicht richtig offiziell zusammen. Du meinst also, ich soll ihm nicht schreiben, dass ich komme?«

»Wenn's gestern so superschön lief, verstehe ich nicht, warum ihr euch nicht gleich geküsst habt. Dann wäre doch alles klar gewesen.«

»Wenn ich Julian im Stehen küssen will, brauch ich erst mal 'ne Kletterausrüstung.«

»Dann musst du eben Schuhe mit Absätzen tragen.«

»In meinem Alter? Wie peinlich ist das denn? Jeder denkt doch sofort, ich hätte Komplexe, zu klein zu sein.«

»Wenn du Julian nicht öffentlich und im Stehen küssen willst, hast du das doch auch, oder?«

»Es geht vor allem keinen außer uns zweien an«, lenke ich unwirsch davon ab.

»Das verstehe ich. Ich würde auch nicht wollen, dass bei meinem ersten Austausch von Intimitäten, falls der jemals passieren sollte, ein anderer als mein Intimus dabei ist, also mein innerster, nächster, vertrautester Freund, das heißt Intimus nämlich. Ist lateinisch.«

Woher kann Leonie Latein? Aber bei ihr wundert mich eigentlich gar nichts mehr. »Wenn es wirklich je bei dir passieren soll, Leonie, dann mach bitte auf Mensch, nicht auf ›Schweinchen Schlau‹.«

»Oder ich finde ein anderes Schweinchen Schlau«, seufzt sie sehnsüchtig.

Ich muss grinsen. »Damit ihr gemeinsam schweineviel Latein pauken könnt?«

»Vor allem *sau*gute Gespräche führen«, kontert Leonie trocken und steckt sich gedankenverloren ihren Bleistift durchs Geishahaar.

Mein »Problem« ist damit jedenfalls geklärt. Ich werde Julian nicht mit einer Klettennachricht einengen, sondern ihn einfach überraschen. Dann freut er sich auch viel mehr, als wenn er schon wüsste, dass ich komme.

Mein nächstes Problem ist jetzt aber ein richtig Großes: die Englischarbeit. Doch Leonie hilft mir auch hierbei und lässt mich, so gut es geht, abschreiben. So wenig, wie wir uns bisher leiden konnten, kam das zuvor nie infrage, aber jetzt nehme ich ihr Angebot echt dankbar an. Wenn ich 'ne Drei minus schaffe, bin ich glücklich.

Noch glücklicher bin ich am Nachmittag, als ich mich mit Zeitungswagen und für alle Fälle ohne lange Unterhosen oder bunte Wollsocken Julian nähere. Ich bin früh unterwegs, weil ich weiß, dass er noch zum Eishockeytraining geht.

Auf sein »Trägst du heut Zeitungen aus u. wann sehn wir uns?« schreibe ich nur »Lass dich überraschen☺« zurück.

Ein Lied geht mir schon die ganze Zeit durch den Kopf. Auf meinem Weg singe ich vor mich hin, »You don't have to be rich to be my girl, you don't have to be cool to rule my world …«. Nichts passt idealer zu mir als Prince. Der ist zwar fast so uralt wie Abba, aber total cool. Seit ich mal gelesen habe, dass er mit bloß 1,58 Metern der kleinste Sänger überhaupt ist und trotzdem die größten Erfolge hatte, ist er mir extrem sympathisch. Sein Song »Kiss« ist dazu noch hammerkrass.

»I just want your extra time and your … kiss«, trällere ich weiter.

Wenn's in einer Englischarbeit mal darum ginge, Songtexte zu übersetzen, hätte es wenigstens mit dem echten Leben von uns Schülern zu tun, und ich wäre sofort viel besser. Was Prince singt, erhoffe ich mir genauso für Julian und mich:

Ich muss nicht reich sein und bin doch die richtige Freundin für ihn, ich muss nicht irgendwie besonders cool sein, um in seinem Leben eine Rolle zu spielen, er wünscht sich nur ausgedehnt Zeit mit mir zu haben und mich zu küssen.

Diese Gelegenheit ist gekommen, als ich aufgeregt vor der Von-Lemberg-Villa stehe. Soll ich klingeln oder lieber an Julians Fenster klopfen? Wenn ich klingle, macht vielleicht seine Mutter oder seine kleine Schwester auf, das könnte peinlich werden; also klopfen. Den Weg durch den Garten kenne ich inzwischen ja gut genug.

Auf Wackelpuddingbeinen nähere ich mich seinem Zimmer zaghafter, als mir lieb ist. Denn wenn mich Julian durchs Fenster reinlässt, sollen wir uns dann sofort umarmen? Oder müsste ich lieber erst einmal abwarten, weil gestern beim Eislaufen ja eigentlich gar nichts passiert ist? Oder freuen wir uns einfach so sehr, uns endlich wiederzusehen, dass wir uns, außer uns in die Arme zu fallen, auch gleich küssen werden?

Warum bloß habe ich unterwegs Malzbonbons gelutscht. Wenn Julian diesen Geschmack genauso wenig mag wie Leonie, bleibt ihm unser erster Kuss ewig als ekelhaftes Erlebnis in Erinnerung. Das heißt, ich muss erst einmal auf Abstand bleiben. Am besten wär eigentlich ein Kaugummi, nur wär der ja dann total blöd im Weg. Also muss ich Julian einfach wieder um einen Tee bitten, um meinen Mund auszuspülen, bevor es zu unserem Kuss kommen kann.

Mit dieser Strategie fühle ich mich endlich gerüstet zu klopfen.

Ich biege hinten am Haus um die Ecke, sehe schon Julians erste Zimmerwand mit dem Eishockeytor, dann taucht der gigantische Schattenriss vor meinen Augen auf und ich sehe den Puck auf mich zufliegen. Ich vermute, Julian sitzt in der anderen Ecke am Schreibtisch, es sind nur noch wenige Schritte. Jetzt sehe ich ihn!

Er steht an der Tür und vor ihm ein Mädchen, das ihm mit einem strahlenden Lachen in die Arme fliegt. Julian umarmt sie mindestens genauso erfreut, hält sie fest, wirbelt sie im Kreis herum und sie sehen beide wahnsinnig glücklich aus.

Stressbedingte Halluzinationen, so was gibt's, meine Mutter hat mir das mal erzählt. Ich blinzle mehrfach, warum verschwindet dieses Mädchen nicht? Ich starre und starre, bis ich endlich kapiere, dass diese Halluzination tatsächlich lebensecht ist.

Julian und das Mädchen wirken so vertraut, er muss sie schon länger kennen als mich. Sie sieht unglaublich schlank und hübsch aus mit ihren langen dunklen Haaren, die sie mit einer geschmeidigen Bewegung durch ihre Finger gleiten lässt, dann umarmen sie sich erneut. Julian kann ihr dabei wunderbar bequem in die Augen sehen, denn sie geht ihm ungefähr bis zum Kinn. So jemanden küsst man natürlich viel lieber als einen Schrumpfkopf wie mich.

Ich fühle mich, als wäre der Puck von Julians dreidimensional wirkender Wand wirklich quer durch sein Zimmer geflogen und nun in meinen Magen eingeschlagen. Nie hätte ich gedacht, dass sich seelischer Schmerz so grausam real anfühlen kann.

Bevor ich jetzt noch mit ansehen muss, wie sich die beiden küssen, ergreife ich wieder einmal die Flucht und stolpere aus diesem verfluchten Garten.

18. Dezember

Ich habe keine Ahnung, wie ich nach Hause gekommen bin. So etwas passiert nur bei einem alkoholischen Blackout, dachte ich, aber bei mir hat ein seelischer Absturz genügt. Lieber als meinen Heimweg würde ich vergessen können, was ich vorher beobachtet habe, doch die Bilder von Julians Verrat sind in meinen Kopf eingebrannt. Immer wieder sehe ich vor mir, wie er sich mit seiner Freundin glücklich umarmend im Kreis dreht.

Bei mir dreht sich jetzt auch alles. Meine Mutter sieht mich erschrocken an. »Rosa, was ist los? Es ist nicht eine schlechte Englischarbeit, oder?«

Ich kann nicht einmal nicken, so elend fühle ich mich.

»Mein armer Schatz.« Sie nimmt mich einfach in die Arme, und als würde eine Berührung der Knopfdruck sein, um Schleusen zu öffnen, strömen plötzlich meine Tränen. Ich bin total machtlos dagegen und wehre mich auch nicht, als mich meine Mutter mitten am Tag ins Bett verfrachtet, mir eine Wärmflasche macht, Kakao bringt und Schokolade dazulegt. So gern ich die sonst mag, jetzt wird mir beim Gedanken an Essen noch übler, als mir sowieso schon ist. Ich will nicht einmal trinken, aber da ich meinen Humor offenbar von meiner Mutter geerbt habe, meint sie schmunzelnd: »Du willst doch nicht vertrocknen, so wie andere Leute verbluten? Also musst du was nachfüllen, bevor deine ganze Körperflüssigkeit aus dir herausgeweint ist.«

»Wenn ich auftanke, hör ich ja nie auf zu heulen«, schluchze ich weiter.

»Ich fürchte, du hörst auch so nicht sehr bald auf. Also kannst du genauso gut trinken.« Sie hält mir lächelnd die Tasse hin. »Außerdem ist es flüssige Schokolade, und das im Kakao enthaltene Serotonin sorgt für bessere Stimmung. Die kannst du auf jeden Fall brauchen.«

»Mir wird's nie wieder gut gehen.«

»Das meint man immer. Aber spätestens nach drei Tagen wird jede Wunde kleiner und die Schmerzen lassen nach.«

Ich kann mir nicht vorstellen, dass dieser dumpfe Schmerz jemals endet. Mein Brustkorb fühlt sich unglaublich schwer an und selbst das Atmen ist schon eine Last. Dieses beklemmende Gefühl macht mir plötzlich Angst. »Es ist wie bei einem Herzinfarkt.«

»Das glaube ich sogar, Rosa, und im Prinzip ist es ja auch so was Ähnliches: Dein Herz ist gebrochen.«

Ich blinzle verblüfft. »Woher weißt du das?«

»Ach, Schatz«, streicht mir meine Mutter liebevoll über die Haare, »sooo lange ist es ja auch noch nicht her, dass ich jung war. Gestern himmelhoch jauchzend, heute zu Tode betrübt. Dafür gibt's immer nur einen Grund. Was glaubst du, wie viele Stauseen ich vollgeweint habe, als mich dein biologischer Vater im Stich ließ? Nur hatte ich leider niemanden, der mich getröstet hätte. Deswegen bin jetzt wenigstens ich für dich da, wenn dich schon ein windiges, rückgratloses Kerlchen sitzen lassen hat. So war's doch?«

Eigentlich wollte ich meiner Mutter nichts von Julian verraten. Sie schwebt gerade in den Höhenlagen der Liebe und hat mich gestern erst ermahnt, mich nicht Hals über Kopf auf jemanden einzulassen. Aber genau das habe ich im Grunde getan. Trotzdem sprudelt es plötzlich aus mir heraus, und ich erzähle ihr grob die wichtigsten Ereignisse meines Dezembers, in dem ich erst steil in den siebten Himmel aufgestiegen bin, um dann wieder herunterzufallen und hart auf den Boden der Tatsachen aufzuschlagen.

Meine Mutter erspart mir zum Glück Vorwürfe, weil ich schließlich selbst gut genug weiß, wie blöd ich war. Sie tippt mir nur auf die Brust. »Ich kann dir nicht sagen, was du wegen Julian tun oder besser nicht tun sollst, ich gebe dir nur einen grundsätzlichen Rat: Hör auf dein Herz, Rosa. Vielleicht haben bei mir damals auch viele Leute gedacht, ich mache einen Fehler, als ich mich für dich entschieden und mich ohne Hilfe durchgeschlagen habe. Aber es fühlte sich richtig für mich an und ich habe es nie bereut. Das ist das Wichtigste.«

Mein Herz sagt mir nur eins: »Ich will diesen Vollidioten nie wiedersehen.«

»Das wird sich nicht vermeiden lassen. Du kannst es höchstens hinauszögern, bis es dir besser geht und du dich gewappnet fühlst, ihm gegenüberzutreten.«

»Bestimmt lauert er mir morgen wieder im Fahrradhof auf, weil ich mich nicht gemeldet habe.« Schon schwappt die nächste Tränenwelle aus meinen Augen.

Meine Mutter lächelt tröstend. »Vorschlag: Herzattacke, Magenkrämpfe, Appetitlosigkeit und entzündete Augen reichen locker aus, um dich für einen Tag in der Schule zu entschuldigen. Bis übers Wochenende sind dann die drei ersten, schlimmsten Tage vorbei. Du schaltest noch dein Handy aus, damit er dich nicht mit Nachrichten belästigen kann, und du wirst sehen, bis Montag ist deine Liebesgrippe schon abgeklungen.«

Ich kann mir das zwar absolut nicht vorstellen, aber ich bin so erleichtert darüber, daheimbleiben zu dürfen und auf keinen Fall Julian sehen zu müssen, dass ich mich tatsächlich schon ein klein wenig besser fühle.

Die Zeit bis zum nächsten Morgen vergeht in einem Wechsel aus echten und Tagträumen. Zwischendurch weiß ich nicht einmal mehr, ob ich diese Begegnung mit Julian und seiner Freundin wirklich gesehen oder ebenfalls nur geträumt habe. Doch dann wird mir wieder schlagartig bewusst, dass alles wirklich passiert ist und Julian ein total mieses Spiel mit mir getrieben hat.

Am Freitag früh ist mein Reservoir an Tränen leer. Ich liege im Bett, starre das von der Lampe baumelnde rote Glitzerherz an und fühle mich, als würde dessen Spitze wie ein Pfeil mein Herz durchbohren. Am liebsten möchte ich mir die Decke über den Kopf ziehen und unendlich lange schlafen. Aber ich fühle mich so verklebt, dass mir fast vor mir selbst ekelt, und tapse mit zittrigen Schritten ins Bad.

Verrückt, wie man an dem einen Tag glücklich darüber sein kann, weil man wackelige Knie vor lauter Verliebtheitsgefühlen hat, und am nächsten Tag genau die gleichen Wackelpuddingbeine hat aus komplett gegenteiligem Grund.

Meine Mutter hat ihren Frühdienst mit einem Spätdienst getauscht, damit sie noch bei mir sein kann. Sie klopft an die Badtür und fragt besorgt, wie ich mich fühle.

»Du hast mir doch mal von einem Medizinmuseum erzählt, Mama, mit so deformierten Köpfen.«

»Du meinst, Abnormitäten der menschlichen Anatomie?«

»Genau. Wenn die noch 'n Platz frei haben, leg ich mich dazu.«

Im Spiegel sehe ich ein Monster mit zugeschwollenen Augen in dunklen Höhlen, roten Lidern darüber, rissigen Lippen, zerknautschten Wangen mit Kissenstreifen und filzig zerzausten Haaren.

»Dafür müsstest du dir dein hübsches Köpfchen abhacken, und das sollte dir nichts und niemand wert sein. Außerdem hab ich dich lieb, egal wie du aussiehst, also komm raus.«

»Aber ich sehe echt furchtbar aus.«

»Dann stülp dir eine Papptüte über mit zwei Löchern. Oder besser dreien, eine noch für den Mund. Es gibt nämlich ein tolles Frühstück.«

Dass meine Mutter in dieser Situation so hammerharte Sprüche raushaut, finde selbst ich irre. Aber sie schafft es damit tatsächlich, dass ich meinem Spiegelmonster trotzig die Zunge rausstrecke und mich nach einer Schockbehandlung mit eiskaltem Wasser ganz papptütenfrei in die Wohnküche traue.

Nachdem ich mir ein paar Bissen hineingezwungen habe, weil ich merke, wie ausgelaugt ich durch die Weinkrämpfe bin und wie viel Kraft mich der gestrige Horror gekostet hat, fühle ich mich körperlich etwas besser, aber meine seelische Wunde ist vom Heilen noch so weit entfernt wie ich davon, »Miss Germany« zu werden.

Meiner Mutter tut es leid, mich dann allein lassen zu müssen. »Ruf mich sofort an, wenn's dir schlechter geht oder ich dir wenigstens irgendetwas Schönes mitbringen kann.«

»Ein neues Gesicht und 'n neuen Freund«, seufze ich mit Galgenhumor. Sie schmunzelt deswegen auch gleich. »Sag ich doch, bald geht's aufwärts. Sonst würdest du nicht schon wieder scherzen können. Spätestens in zwei Tagen bist du fast die Alte.«

»Zwei Tage können sich auch ziehen wie XXL-Kaugummi.«

»Du darfst nie vergessen, Rosa: Auch der furchtbarste Tag hat nur 24 Stunden, wie alle anderen auch. Es geht vorbei, glaub mir.«

Damit dieser Tag tatsächlich so schnell wie möglich vorbeigeht, versuche ich ihn einfach zu verschlafen. Phasen, in denen ich betäubt vor mich hin dämmere, lösen sich ab mit Bildern meines Kopfkinos, in dem Julian und seine Freundin die Hauptrollen des Horrorfilms spielen, der für mich kein Happy End bereithält.

Als es nachmittags an der Tür klingelt, schrillen bei mir sofort die

Alarmglocken. Julian! Er hat mich nicht am Fahrradhof angetroffen und deshalb alle möglichen Leute nach mir gefragt, bis ihm jemand meine Adresse genannt hat. Mir ist egal, wie oft er klingeln wird. Eher soll mein Trommelfell platzen, bevor ich diesen Typen in die Wohnung und überhaupt noch einmal in mein Leben lasse.

Nun hämmert auch noch eine Faust an die Tür und eine Stimme ruft: »Floh, bist du da? Wenn du mich hörst, mach auf, bitte.«

Es ist nicht Julian, sondern Leonie! Noch nie war ich so froh über sie wie in diesem Moment. Ich reiße die Tür auf und ehe ich überhaupt darüber nachdenke, liegen wir uns schon in den Armen.

»Du lebst noch, Gott sei Dank. Als du heute nicht in der Schule warst, auf keine Nachricht reagiert hast und ich danach wieder Julian auf dich warten sah, war mir klar, dass gestern etwas ganz gewaltig schiefgelaufen sein muss mit euch, stimmt's?«

»Der hat mir also echt am Fahrradhof aufgelauert?« Ich kann seine Skrupellosigkeit kaum fassen. Er macht mit einer anderen rum und erwartet trotzdem, dass ich noch für ihn da bin.

»Komm schon, Floh, deiner besten Feindin kannst du sagen, was passiert ist. Ich habe dir auch absichtlich nichts mitgebracht, kein Plüschtier zum Ablenken, Süßes zum Trost, oder eine Zeitschrift ›Wie vergesse ich die übelsten Jungs‹. Sonst meinst du nur wieder, ich würde mir deine Freundschaft erkaufen wollen.«

Leonie grinst mich an und auf einmal weiß ich ganz sicher, dass sie nicht mehr nur meine »beste Feindin« ist. Wer mich an einem solchen Tag nicht im Stich lässt, ist mehr als das. Deshalb sage ich möglichst forsch, um meine Rührung zu verbergen: »Wenn ich's erzähle, dann höchstens einer ›besten Freundin‹. Also hör einfach zu.« Leonie kapiert sofort, lächelt nickend und ich schildere ihr meinen dramatischen Donnerstag mit Julian und seiner Freundin. Danach öffnet sie mal wieder ihr Liebesberatungsbüro. »Du weißt doch gar nicht, ob er wirklich mit diesem Mädchen zusammen ist?«

»Ich hab Herzschmerzen, keine Sehstörung!«

»Kann ja auch sein, dass sie in ihn verliebt ist, aber er nicht unbedingt in sie. Vielleicht hat er ihr gestern noch erklärt, dass es aus ist mit ihnen, und zwar wegen dir?«

»Leonie, ich selbst bin immer ehrlich. Da erkenne ich doch wohl, ob jemand anderer auch ehrlich ist oder nicht. Und Julians glückliche Umarmung kam echt total von innen raus.«

»Wenn du wirklich erkennen kannst, ob jemand ehrlich ist, hast du doch vorher längst gemerkt, dass es Julian mit *dir* ernst meint. Deshalb ist das jetzt bestimmt bloß wieder ein Missverständnis.«

»Ich hab ihm schon zwei Chancen gegeben, eine dritte gibt's nicht mehr. Und komm mir nicht wieder mit ›Aller guten Dinge sind drei‹. Das Thema Julian hat sich endgültig erledigt.«

»Gerade wenn man glaubt, man hat sich nichts mehr zu sagen, muss man miteinander reden.«

»Lass *uns* von was anderem reden. Egal was, bloß ablenken, sonst dreh ich noch durch«, bitte ich Leonie.

»Egal was?« Ich nicke und sie grinst so komisch. »Dann erklär mir mal eure Wollsockenwäscheleine durch die ganze Wohnung.«

Unglaublich, dass sie wirklich ausgerechnet darauf zu sprechen kommt, da ich mir am ersten Dezember ja genau darüber Gedanken gemacht hatte. Inzwischen ist mir aber nicht mehr peinlich, wie sie unseren Adventskalender findet, ich bin auf einem ganz anderen Planeten unterwegs. Als ich ihr unsere Überraschungskreation erklärt habe, lasse ich sie selbst die Wollsocke des heutigen Tages öffnen. Obwohl ich dachte, überhaupt keine Lust mehr auf Süßes zu haben, esse ich dann doch mit Leonie die Pralinen auf.

Ich weiß nicht, ob es am schokobedingten Serotonin oder an ihr liegt, aber bis sie gegen Abend geht, fühle ich mich viel besser und habe ein paar Stunden fast gar nicht mehr an Julian denken müssen. Wenn es in dem Tempo aufwärtsgeht, hat meine Mutter tatsächlich recht, und ich bin morgen nur noch halb liebesbekümmert.

Das hätte ich auch dringend nötig, denn mir steht leider dieser Waffelverkauf bevor, den ich beim Eisdiscobesuch leichtfertig für Julian eingegangen bin. Zum Glück weiß ich wenigstens, dass er wegen eines Eishockeyspiels keine Zeit haben wird aufzukreuzen. Noch einen Tag durchhalten, dann ist endlich alles, was mit Schlittschuhlaufen und vor allem mit Julian zu tun hat, endgültig vorbei.

19. Dezember

Der Schmerz über Julian ist nicht verschwunden, aber verändert, als ich am Samstag kurz vor fünfzehn Uhr zur Eisbahn des Weihnachtsmarktes komme. Es ist keine schmerzhaft pulsierende Wunde mehr, sondern fühlt sich eher an, als wäre ich innerlich erfroren. Es ist auch wieder eiskalt geworden, aber daran liegt es nicht. Etwas in mir scheint einfach abgestorben zu sein. Vermutlich werde ich es auch einzig deshalb aushalten können, die nächsten drei Stunden beim Waffelverkauf genau den Platz im Blick zu haben, wo ich die glücklichste Stunde meines Lebens mit Julian verbrachte. Zumindest hoffe ich, dass es so sein wird.

Anne, bei der ich mich fürs Helfen angemeldet hatte, steht selbst noch am Stand, neben ihr ein Mädchen, das gerade eine Waffel bäckt. Sie begrüßen mich freundlich und geben mir eine genaue Einweisung, wie die zwei Waffeleisen zu handhaben sind, wo der Teig steht, wie viel man davon für eine Waffel braucht, Sonderwünsche wie Puderzucker, Apfelmus, Sahne und Schokosoße, dazu Praktisches wie Pappteller, Servietten, Putzmittel, Wasseranschluss und Stromzufuhr auf dem Markt, Erste-Hilfe-Kasten, falls man sich am heißen Waffeleisen verbrennt, sowie Preisliste und Kasse. Außerdem liegen Flyer des Eisstadions als Werbung aus, damit die Leute nicht nur in der Adventszeit am Weihnachtsmarkt eislaufen gehen, sondern während des gesamten Winters.

Der Highspeedkurs im Waffelverkaufen lenkt mich immerhin sofort vom romantischen Eislaufplatz mit glücklich auf Schlittschuhen dahinschwebenden Pärchen ab. Trotzdem ist es wahnsinnig viel Info auf einmal und ich bin froh, dass Anne noch mithilft. Doch als die sich mit dem anderen Mädchen zum Aufbruch bereitmacht, ahne ich nichts Gutes.

»Ihr wollt gehen?«

»Schichtwechsel. Wir waren seit zwölf Uhr hier.«

»Aber ich kann doch nicht … ganz allein …?«

»Keine Sorge, Floh«, lächelt Anne beruhigend. »Ich schau zwischendurch mal vorbei, und gleich kommt auch Vivian zum Mithelfen. Sie war letztes Jahr schon dabei und kennt sich aus. Ihr zwei schafft das schon zusammen.«

Anne und ihre Helferin gehen, und ich stehe überfordert allein am Stand. Ich ärgere mich. Über die beiden, weil sie nicht warten, bis diese Vivian kommt. Über Vivian, weil sie nicht pünktlich kommt. Und über mich selbst, weil ich so bescheuert war, mich freiwillig zum Helfen zu melden, und alles bloß wegen Julian.

Als ein Mann eine Waffel mit Apfelmus und Sahne bestellt, mache ich meinem Namen alle Ehre und werde knallrosa vor Aufregung. Bestimmt sieht er sofort, dass ich so was noch nie zubereitet habe, denke ich und werde dadurch gleich noch unsicherer. Konzentrier dich, Floh: Temperatur prüfen, Teig einfüllen, Kontrolllampe beobachten, mehr ist es doch erst einmal gar nicht, kühle ich mich innerlich wieder runter.

Ich fülle die Schöpfkelle mit Teig, etwa die Hälfte davon genügt für eine Waffel, hat mir Anne erklärt. Als ich die Masse auf das Eisen rinnen lasse, hüpft jemand gut gelaunt neben mich.

»Sorry, ich konnte echt nicht früher. Aber jetzt bin ich ja da. Ich bin Vivian.«

Aus den Augenwinkeln sehe ich, wie sie mit einer geschmeidigen Handbewegung ihre tollen dunklen Haare nach hinten wirft. Ich sehe ihr ins Gesicht, kein Zweifel möglich. Das kann einfach gar nicht wahr sein, doch sie ist es wirklich: Julians Freundin.

Erst als es zischt, der Teig übers heiße Eisen hinausläuft, Vivian mich beiseiteschiebt, sich bei dem wartenden Mann für mich entschuldigt und ihm seine Waffel selbst zubereitet, taue ich aus meiner Schockstarre auf.

Bei mir gibt's statt Waffeln gerade Gehirngulasch, so sehr wirbelt in meinem Kopf alles drunter und drüber. Ich schätze Vivian auf circa vierzehn Jahre. Bestimmt spielt sie auch Eishockey in Julians Mannschaft oder macht Eiskunstlauf, so hübsch, graziös und langbeinig, wie sie ist, und dazu noch einen Kopf größer als ich. Durchs Eislaufen kennt sie Julian natürlich auch schon lange und so sind sie sich nähergekommen.

Ob der eigentlich weiß, dass wir gerade aufeinandertreffen? Hat er das vielleicht sogar absichtlich so eingefädelt, damit ich über Vivian erfahre, dass er mit ihr zusammen ist, und er sich somit feige

aus der Affäre ziehen kann? Oder hat Leonie recht damit, dass Jungs eine Wahrnehmung haben wie eine überfahrene Amöbe und Julian gar nicht weiß oder schon wieder vergessen hat, dass ausgerechnet seine Freundin und ich, also quasi seine »Exfreundin in spe«, uns heute hier treffen würden?

Als der Kunde mit seiner Waffel gegangen ist, lächelt mich Vivian so megafreundlich an, dass es unmöglich echt sein kann.

»Geht jedem am Anfang so, kein Drama. Die nächste Waffel gelingt dir bestimmt schon besser, ich helf dir auch.«

Der werde ich's zeigen, und zwar ganz ohne Hilfe. Vivian war vor mir an der Reihe, als Größe und Schönheit verteilt wurden, und sie war definitiv schneller im Ziel, um sich den Siegerpokal namens Julian zu schnappen. Sie wird nicht auch noch als beste Waffelbäckerin gegen mich gewinnen und mich neben sich wie eine absolute Idiotin aussehen lassen. Wenigstens dieses Feld überlasse ich ihr nicht kampflos.

»Wie heißt du noch mal? Ich glaube, Anne hatte was von Flo gesagt. Kommt das von Florentina? Schöner Name.«

»Floh kommt von Floh, weil der klein ist, aber richtig fies wehtun kann.« Ich sehe Vivian möglichst drohend an. Sie schaut immerhin irritiert und hält tatsächlich die Klappe.

Als die nächsten Käufer kommen und Vivian sie bedienen will, werfe ich alle Hemmungen über Bord und reiße das Geschäft an mich – vielleicht nicht mit ganz so charmanter Ausstrahlung wie sie, aber dafür mit herzlichem Grinsen und frechen Sprüchen. Trotz der Kälte schwitze ich irrsinnig, als ich die Waffeln zubereite, was nicht an der Hitze des Eisens liegt. Sich bloß nicht noch einmal ausgerechnet vor dieser Tussi blamieren, denke ich. Außerdem hat sie sich Julian geschnappt, da kriegt sie nicht auch noch den Rest der Menschheit. Ich starte eine Show, als würde ich damit das Finale von »Deutschland sucht den Superverkäufer« gewinnen wollen, und animiere vorbeischlendernde Leute zum Waffelessen, die bis dahin noch nicht einmal wussten, dass sie überhaupt darauf Appetit haben könnten. Inmitten all des Grauens um Julian und Vivian spüre ich einen Glücksmoment, als mir Leute lachend Trinkgeld geben.

Vivian ist total begeistert. Ich bin es auch. Von mir, aber nicht von ihr, denn ich hatte gedacht, sie würde stattdessen rumzicken, weil ich ihr, der erfahrenen Helferin, das Waffelrevier streitig mache. Ich kann mir darum einen kleinen Flohbiss nicht verkneifen. »Tja, manche verkaufen eben Waffeln, andere haben einen an der Waffel.«

Leider bezieht sie das überhaupt nicht auf sich selbst, sondern findet mich total witzig.

Als nach anderthalb Stunden Anne vorbeikommt, um sich zu erkundigen, wie's läuft, schwärmt Vivian von meinem Verkaufstalent. Nach einem prüfenden Blick in die Kasse schwärmt Anne auch. »Ihr habt ja unglaublich Umsatz gemacht. So viel haben wir noch nie verdient.«

»Liegt nur an ihr«, zeigt Vivian neidlos auf mich. Bloß nicht lächeln, weil die mich lobt, zwinge ich mich, cool zu bleiben, und korrigiere: »Liegt bloß am Wetter. Bei solchem Nordpolfrost würde selbst ein Eisbär was Heißes wollen.« Es ist tatsächlich irre kalt, sodass ich froh bin, die ganze Zeit am Waffeleisen zu stehen und meine Hände wärmen zu können.

Anne nimmt einen Teil des Geldes aus der Kasse und fragt Vivian dabei ganz beiläufig: »Hat sich Julian schon bei dir gemeldet, wie das Eishockeyspiel ausgegangen ist?«

»Au«, schreie ich reflexartig, weil ich mich vor lauter Schreck am Waffeleisen verbrenne. Wenn schon Anne Bescheid weiß, dass Julian und Vivian ein Paar sind, hat das jeder im Eisstadion gecheckt und die beiden gehören für alle ganz selbstverständlich zusammen. Ich habe keine Chance. Um wenigstens eine Brandblase zu vermeiden, stecke ich meinen Finger in den Schnee.

Vivian kommt auf Annes Frage zurück. »Bis jetzt weiß ich noch nichts. Aber Julian holt mich nachher sowieso ab.«

Herz, Hirn und auch meine Seele rasen wie in einem kaputten Lift ungebremst abwärts. Ich wundere mich, dass man den Aufprall gar nicht hört. Mir bleibt für einen Augenblick die Luft weg. Wie gut ich diese Momente inzwischen kenne und wie sehr ich sie hasse. Ich will Julian auf keinen Fall nachher sehen, doch dazu muss ich jetzt aus der Deckung.

SPECIAL
PERFECT
OPEN
BIG!

FANTASTIC
OH!
SUPER

»Wann genau kommt Julian?«

»Gegen sechs, denke ich. Du kennst ihn?« Vivian dreht sich schwer überrascht zu mir um. Immerhin. Bevor ich was sagen kann, mischt sich Anne ein und gibt unfreiwillig eine bessere Antwort, als ich es gekonnt hätte. Sie meint ganz selbstverständlich: »Julian war doch mit Floh bei der letzten Eisdisco.«

Vivian schaut mich plötzlich mit ganz anderen Augen an. Jetzt lege ich selbst noch einen drauf.

»Wir waren öfter zusammen Schlittschuh laufen, auch hier am Weihnachtsmarkt. Ist ja schon romantischer als im Eisstadion.«

Vivian steht der Mund offen. »Ah … ja …«, sagt sie nur ganz gedehnt. Ich bin sicher, der Weg von ihrem Kopf bis zu ihrem Mund dauert gerade so extrem lange, weil sie ihren ganz persönlichen Horrorfilm vor sich sieht, der zur Abwechslung mal mit mir und Julian in den Hauptrollen besetzt ist.

Mein kleiner Triumph nützt mir aber nichts mehr, wenn Julian tatsächlich gegen sechs Uhr hier auftaucht. Nach meiner Bemerkung eben wird mir Vivian garantiert vor Augen führen wollen, dass ich bei Julian nichts zu melden habe, und ihm darum sofort um den Hals fallen. Mindestens. Damit mir dieser Anblick erspart bleibt, muss ich auf jeden Fall früher heimgehen. Aber erst einmal verabschiedet sich Anne, als der nächste Kunde kommt. Nachdem der mit seiner Waffel den Stand wieder verlässt, wedelt Vivian naserümpfend mit ihrer Hand. »Der hatte was Süßes wie 'ne Waffel mit Sahne echt dringend nötig, bei der fiesen Knoblauchfahne.«

Ich starre mit durchbohrendem Blick ganz bewusst auf Vivians schlanke Finger. »Lieber Knoblauchzehen als Wurstfinger.«

Natürlich hat Vivian keine Wurstfinger, aber ich will sie wenigstens mit Worten treffen, so wie ich mich selbst von ihr und Julian getroffen fühle. Eigentlich weiß ich ja, dass ich wegen Julian enttäuscht bin und Vivian gar nichts dafür kann. Aber es ist irgendwie einfacher, es an ihr auszulassen.

Wahrscheinlich kapiert sie den Gag mit den Fingern und Zehen sowieso nicht. Tatsächlich besieht sie bloß empört ihre Hand. »Ich hab doch keine Wurstfinger?«

Ich grinse, die Verunsicherung hat geklappt. Dann winke ich lässig ab. »War 'n Witz. Liegt daran, dass ich heute Mittag einen Scherzkeks gegessen habe.« Vivian guckt jetzt komplett verwirrt und sagt gar nichts mehr, was mir gerade recht ist.

Ich backe mir eine leckere Waffel mit dick Schokosoße drauf für mich selbst. Die hab ich mir wirklich verdient. Ich spüre meine Energie zurückkommen und weiß wieder: Auch wenn ich klein bin, lasse ich mich nicht unterkriegen, selbst von einem Julian und einer Vivian nicht. Es geht mir echt besser und das ist gut. Wobei es natürlich noch besser wäre, es ginge mir gut. Vielleicht ist es ja wirklich schon morgen so weit, am dritten Tag nach Julian, so wie meine Mutter prophezeit hat. Doch dafür muss ich die Kurve kratzen, bevor er hier auftaucht.

Vivian sieht mich erstaunt an, als ich meine Tasche umhänge und die Handschuhe anziehe. »Du gehst doch nicht schon? Es ist erst halb sechs.«

Ich lächle schokosoßensüß. »Die eine kommt später, die andere geht früher.«

»Ich hab's echt nicht bis um drei schaffen können, wir hatten Musicalprobe. Das hab ich Anne vorher gesagt.«

Musicalprobe, auch das noch. Toll singen kann diese Tussi also auch. Bevor meine halbwegs gute Laune wieder verschwindet, muss *ich* es jetzt schleunigst tun.

»Und ich kann eben nicht bis um sechs bleiben. Ist wichtig, ciao.«

»Aber dann siehst du Julian ja gar nicht?«

Genau das ist der Plan! Was ich Vivian aber natürlich nicht sage.

»Weniger ist manchmal mehr«, antworte ich nur und will den Stand in dem Augenblick verlassen, als etwas total Unvorhergesehenes passiert, was diesen Tag erneut durcheinanderwirbelt.

20. Dezember

Ein Schrei erklingt. Schmerzhaft, schrill, panisch.

Meine Augen und Ohren fixieren den auf dem Eis liegenden Jungen. Es färbt sich bereits blutrot. Ein zweiter Junge rappelt sich auf und fährt weiter. Vermutlich hat er dem anderen beim Sturz die Hand oder den Arm mit den scharfen Schlittschuhkufen aufgeschlitzt. Jetzt muss es schnell gehen.

Ich schnappe unseren Erste-Hilfe-Kasten, der für Verbrennungen bereitliegt, und renne aufs Eis. Unfallfrei schlittere ich zu dem heulenden Jungen. Genau zwischen Handschuh und Jacke klafft eine tiefe, stark blutende Schnittwunde.

»Hallo, ich bin Floh. Hab keine Angst, gleich tut's nicht mehr weh.« Ruhig erkläre ich ihm, was ich vorhabe, während ich die Schutzhandschuhe anziehe und die sterile Wundauflage auf die Blutung presse. Sein Schreien lässt tatsächlich schon nach. Ich frage ihn, wie er heißt. »Anton«, sagt er, und er sei acht Jahre alt. Ich bin froh, dass er keinen Schock zu haben scheint. Als Ablenkung versuche ich ihn noch zur Mithilfe zu animieren. Er drückt nun selbst mit seiner gesunden Hand auf die Wundauflage, ich lobe ihn und reiße das Verbandpäckchen auf, dessen Kompresse ich über die sterile Auflage lege. Dann wickle ich die Mullbinde mit festem Druck, damit die Blutung zum Stillstand kommt, aber nicht zu viel Druck, damit die Hand nicht abstirbt, um den Unterarm. Auf die Frage nach seinen Eltern erzählt mir Anton, dass sein Papa nur was zu trinken holen wollte. Ich hoffe, er taucht bald auf. Aber bis dahin muss der Junge dringend vom Eis, bevor er sich noch verkühlt. Ein hilfsbereiter Mann trägt ihn zu unserem Stand. Von Weitem habe ich Vivian schon zugerufen: »Schnell, mach 'ne Waffel!«

Der fremde Mann setzt Anton auf den einen Klappstuhl hinter unserem Verkaufstisch. Antons Beine lege ich auf den zweiten Stuhl und öffne seine engen Schlittschuhe, damit er auch keinen Kreislaufkollaps bekommt. Kurz darauf verspeist er Vivians Waffel mit Sahne und viel Schokosoße mit solcher Begeisterung, dass er seine Wunde fast schon zu vergessen scheint. Ich bin glücklich, weil es dem Jungen wieder gut geht.

Etliche Leute drängen sich aus Neugier an unseren Stand. Sie trösten Anton und machen mir Komplimente, sodass es mir echt schon unangenehm wird. Vivian lenkt sie geschäftstüchtig mit Waffelverkäufen ab. Jetzt sind wir zwei ein richtig eingespieltes Team.

Ich bitte Anton, seine Hand und jeden Finger einzeln zu bewegen. Das kann er, also sind wahrscheinlich keine Sehnen oder Nerven verletzt und er wird bald wieder ganz gesund sein. Vivian traut mir wohl nicht so richtig. »Sollen wir nicht doch einen Krankenwagen rufen?«

Ich schüttle den Kopf. »Die Wunde ist zwar tief, aber Anton hat kein Taubheitsgefühl und kann alles bewegen. Außerdem ist auch keine Arterie getroffen, die Blutung müsste also bald aufhören.«

»Und wenn er 'ne Blutvergiftung kriegt?«

»Schnittwunden haben glatte Ränder, die infizieren sich nicht so leicht. Durch das viele Blut wird der Dreck auch rausgeschwemmt.«

»Aber wenn er so stark blutet und die Wunde groß ist, muss er doch genäht werden.«

»Vermutlich nicht. Aber wenn hoffentlich gleich sein Vater auftaucht, soll er Anton zum Notdienst fahren und nachschauen lassen. Die machen zur Sicherheit auch 'ne Desinfektion, bevor sie dann vielleicht klammern, kleben oder nähen.«

»Du bist bestimmt Arzttochter?«, fragt Vivian bewundernd. Typisch, genau wie Julian, denke ich. Die passen ja echt super zueinander. Gehen so arrogant selbstverständlich davon aus, dass bloß studierte Ärzte was wissen.

»Meine Mutter ist Krankenschwester«, korrigiere ich stolz.

Dann kommt endlich der Vater. Mit zwei dampfenden Bechern steht er suchend am Eislaufplatz und brüllt angstvoll »Anton?!«.

Anton, Vivian und ich rufen gleichzeitig »Hier!« und winken ihn herbei. Als er erfährt, was inzwischen los war, wirkt er schockierter als sein Sohn. Ich schiebe Antons Beine vom Stuhl und verfrachte den Vater darauf, während Vivian ihm ebenfalls eine Waffel mit Sahne und Schokosoße in die Hand drückt.

Erst will er sich gar nicht die Zeit nehmen. Aber ich versichere ihm, so überzeugend ich kann, dass Anton außer Gefahr ist und diese Ruhepause mehr hilft als schadet, bevor sie noch einen Arzt

auf die Wunde schauen lassen. Anton himmelt mich mit schokoverschmiertem Mund dermaßen an, dass sich sein Vater tatsächlich wieder beruhigt.

Als die beiden aufbrechen, will mir der Mann unbedingt Geld geben. Klar könnte ich es gut gebrauchen, aber wenn es mir einmal schlecht geht, hoffe ich ja auch, dass mir jemand einfach so hilft.

»Das war selbstverständlich«, lehne ich deshalb nachdrücklich ab.

»Aber nicht in deinem jungen Alter«, beharrt Antons Vater.

»Dafür kann ich gar nichts. Liegt an meiner Mutter, die das mit mir geübt hat. Also wenn, müssten sie sich bei ihr bedanken.«

»Dann kauf deiner Mutter was Schönes«, wedelt er mit einem Zwanzig-Euro-Schein. Ich zögere kurz, denn für ihr Weihnachtsgeschenk käme mir das Geld echt recht. Aber eigentlich ist es ja doch mehr wert, wenn ich ihr etwas von meinem selbst verdienten Lohn kaufe. Vivian nimmt mir die Entscheidung ohnehin ab. »Wenn Sie wirklich etwas Gutes tun wollen, spenden Sie uns das Geld. Sie unterstützen damit die Nachwuchsabteilungen des Eissportvereins.«

Dankbar überreicht der Mann Vivian die zwanzig Euro, die sie in unsere Kasse legt, und verabschiedet sich mit Anton herzlich von uns. Ich ärgere mich, dass ich das Geld nicht doch selbst genommen habe. Jetzt kommt meine Hilfe der Jugend im Eisstadion zugute und damit ausgerechnet auch Julian und Vivian. Ich bin ein Idiot.

»Was geht denn hier ab, ist ja höllenvoll«, höre ich eine Stimme, die ich inzwischen leider zu gut kenne. Ich bin nicht bloß ein Idiot, sondern habe jeden Millimeter, der mir an Größe fehlt, durch Dummheit ersetzt, weil ich in all der Aufregung um Anton verschwitzt habe, rechtzeitig heimzugehen.

Julian steht direkt vor Vivian und mir. Ich kann ihm nicht mehr entkommen. »Schön, dass du da bist«, strahlt Vivian. »Du hast grad Flohs krasse Rettungsaktion verpasst.«

Julian sieht mit merkwürdigem Blick zu mir. In meinem Bauch wüten Insekten. Aber keine Schmetterlinge, wie es immer heißt. Es ist ein riesiger Bienenschwarm, der in mir tobt. Jetzt wäre das Insektenspray angebracht, das er mal erwähnt hatte. Damit würde ich endgültig meine brummenden Verliebtheitsbienen bekämpfen, die trotz all dem Drama mit Julian noch immer keine Ruhe geben wollen. Tatsächlich fühlt es sich gerade ganz genauso an wie von Leonie beschrieben: Liebe und Hass liegen total dicht beieinander.

»Komm rum und setz dich. Ich mach dir gleich 'ne Waffel«, fordert Vivian Julian mit Kopfnicken auf, während sie einen Kunden abkassiert.

»Aber nur, wenn ich sie auch selbst bezahlen darf«, sagt Julian und sieht mich dabei ernst an. Bei seiner Anspielung auf die Eisdisco spült eine Welle der Erinnerung durch meinen Kopf, die mich den Halt verlieren lässt. Reflexartig fasse ich an die Tischkante.

Gleich werden sie sich vor meinen Augen küssen. Oder hat einer wie Julian wenigstens einen Rest schlechten Gewissens und hält sich zurück, um mir nicht noch mehr wehzutun?

Es scheint nicht so. Vivian umarmt ihn schon und er lässt es sich gern gefallen. Gleich küssen sie sich also. Mir wird grottenschlecht, hundeelend, schweineübel und ich habe den totalen Katzenjammer. Lauter Tiere, fällt mir in dem Moment total absurd ein, und doch wie passend, denn ich bin ja auch eins, ich armer Floh.

»Erzähl, du Held, habt ihr heute wenigstens wieder gewonnen?«

»Was glaubst *du* denn, mit mir als Kapitän?«

»Drum frag ich ja so skeptisch.« Vivian pikt Julian in den Bauch. Sie wirken so irre vertraut miteinander, wie sie sich gegenseitig aufziehen.

»Na warte, Lästerschwein – Schwesterlein.«

Julian kitzelt Vivian, sie quiekt, und ich sinke auf den Stuhl, als hätte *ich* jetzt den vorhin bei Anton verhinderten Schock.

Nach den drei letzten, wirklich schlimmsten Tagen meines Lebens wage ich noch nicht so richtig zu glauben, was ich gerade gehört habe. Vielleicht ziehen sich die beiden ja nur zum Spaß mit Wortspielen wie »Lästerschwein – Schwesterlein« auf und sind aber keine Geschwister? Außerdem hat Julian doch von seiner »kleinen« Schwester gesprochen. Vivian ist nicht klein und mindestens so alt wie ich. Andererseits wird Julian fünfzehn. Da könnte für ihn durchaus eine Vierzehnjährige die kleine Schwester sein, überlege ich wieder hoffend. Vivian beugt sich zu mir. »Geht's dir nicht gut,

C
H
R
m
I
e
R

R
A
M
S
T
S
y

Floh? War vielleicht alles zu viel mit dem ganzen Verkaufen und Helfen bei Anton? Und musst du nicht eigentlich dringend weg?«

»Hat sich erledigt«, winke ich ab. Julian schaut mich besorgt, aber irgendwie auch traurig an und sagt gar nichts.

Als unsere Schichtablösung kommt, erklärt Vivian ihnen alles und lässt mich in Ruhe sitzen. Julian schaut mich weiter schweigend an. Mir wird endlich klar, warum. Seit Donnerstag muss er sich gefragt haben, wieso ich nicht bei ihm vorbeikomme, mich nicht melde, nicht antworte. Ich bin ihm eine Erklärung schuldig, nicht er mir. Mit flauem Gefühl stehe ich auf und sehe ihn an.

»Vivian ist wirklich deine Schwester?«

»Ja, warum?«

»Nenn mich besser nicht mehr Floh«, fange ich an. »Weihnachten ist zwar erst in fünf Tagen, aber Ochse und Esel sind heute schon da. Hier stehen sie beide vereint vor dir«, zeige ich auf mich. Julian kapiert erst einmal gar nichts, logisch. Ich werde genauer. »Wenn ich schon beim Biblischen bin: Euer Garten ist für mich in etwa so verflucht wie für Eva das Paradies. Ich war nämlich am Donnerstag wieder da. Ich wollte erst mal durchs Fenster schauen, ob du überhaupt daheim bist.« Ich atme tief durch für den schlimmsten Teil meiner Beichte. »Du warst da. Aber Vivian auch. Und ihr beide wart … ihr habt euch … Mann, wer soll auch checken, was du unter ›kleiner Schwester‹ verstehst!«

Jetzt ist es raus. Julian sagt zunächst immer noch nichts, dann endlich fragt er erleichtert: »Du hast gedacht, sie ist meine Freundin?«

»Ihr habt euch so glücklich umarmt«, rechtfertige ich mich trotzig aus Verlegenheit. Denn Julian muss hundertprozentig klar sein, was ich für ihn empfinde, wenn ich so eifersüchtig war.

»Vivian war einfach total froh, dass sie noch 'n Platz beim Schüleraustausch ergattert hat. Das war alles. Aber ich … ich hab gedacht, du willst nicht mehr … also … überhaupt …« Er bricht ab. Ich weiß nun, dass er genauso fühlt. Doch wir sehen uns nur starr an. Es ist so viel passiert. Zu viel. Nach allem hilft uns jetzt wohl höchstens noch eins. »Wie wär's mit einem Reset«, schlage ich vor und Julian nickt einverstanden.

Vivian hat den Stand übergeben und kapiert sofort, dass wir in anderen Sphären unterwegs sind. Sie lässt uns allein.

»Wir könnten für den Anfang was trinken gehen?«, schlägt jetzt Julian vor und nun nicke *ich* einverstanden.

Wir schlendern mit alkoholfreiem Punsch über den Weihnachtsmarkt, der mir so schön vorkommt wie nie und mich in eine total verzauberte Glücksstimmung versetzt. Julian erzählt mir von seinem Eishockeyspiel, ich ihm von meiner Anton-Aktion, die ihn ziemlich beeindruckt. Von unseren furchtbaren letzten Tagen reden wir beide nicht. Ich brauche noch Zeit, Absturz und Neustart meines Gefühlssystems zu ordnen.

Bevor ich gehen muss, bleibt Julian mit mir ausgerechnet an dem Stand mit Christbaumschmuck stehen, vor dem ich meine Mutter mit ihrem heimlichen Freund gesehen hatte. Wie damals sie, greift auch Julian zu dem rot glitzernden Herz. »Gefällt's dir?« Ich nicke.

»Lässt du dir dann ausnahmsweise mal was schenken?«

»An sich, ja.«

»Aber?« Julian sieht mich an, als fürchte er neue Komplikationen. Vielleicht sollte ich lieber verschweigen, dass ich das Herz bereits habe, aber ich will unseren Neuanfang nicht mit einer Lüge starten.

»Ich hab's schon mal geschenkt bekommen.«

Julian entgleisen die Gesichtszüge. Bevor *er* jetzt grundlos eifersüchtig wird, setze ich schnell nach: »Von meiner Mutter.«

Er atmet auf. »Ich kann dir auch was anderes schenken.«

»Ich hab 'ne bessere Idee.« Ich nehme all meinen Mut zusammen. »Wenn du das Herz für dich selbst kaufst, haben wir's beide daheim. Wenn wir's ansehen, dann denken wir immer …« Aneinander, will ich eigentlich vollenden, aber schaffe es nicht. Julian kauft das Herz trotzdem. Er hat mich auch ohne Worte verstanden.

Dann verabschieden wir uns mit dem Versprechen, uns gleich morgen mit viel Zeit und ohne Missverständnisse wiederzusehen.

Ich radle nach Hause und strahle dabei mehr als alle Glitzerherzen dieser Welt.

21. Dezember

Meine Mutter checkt sofort, dass wieder etwas passiert sein muss, und während wir wie fast immer samstagabends lecker zusammen kochen, sprudelt alles aus mir heraus. Sie freut sich so für mich, dass sie mir tatsächlich erlaubt, den ganzen Sonntag bis zum Abend mit Julian zu verbringen.

Beim Essen beichtet sie, dass bei ihr auch etwas passiert sei, und druckst kompliziert von ihrem Kollegen Steffen herum. Endlich bringt sie raus, dass sie sich wahrscheinlich auch verliebt hat.

»Weiß ich«, sage ich möglichst lässig.

»Wieso? ... Woher?« Meine Mutter ist ja mal total verwirrt.

»Ich war auch auf dem Weihnachtsmarkt, als ihr das rote Herz gekauft habt.«

»Und da hast du bis jetzt überhaupt nichts gesagt?«

»Du hast ja auch nichts gesagt.«

»Tut mir leid, ich wollte dir nichts verheimlichen. Aber ich wollte einfach noch nichts sagen, solange ich mir nicht sicher war.«

»Und jetzt bist du dir sicher?« Ich kann nicht behaupten, dass mich das wirklich freut.

Sie zuckt die Schultern. »In der Liebe ist eigentlich nie was sicher. Das weißt du ja schon selbst gut genug.«

Und ob.

Als wollten Julian und ich die vielen Unsicherheiten und Kommunikationsschwierigkeiten der letzten Tage zwischen uns wiedergutmachen, tauschen wir am Abend noch so viele Nachrichten aus, dass die Leitungen eigentlich glühen müssten.

Als ich längst im Bett liege, bin ich immer noch total aufgekratzt. Adrenalin, Serotonin und Endorphin wachen als Dreigestirn und versetzen mich in einen Glücksrausch, der mich nicht schlafen lässt. Aufgeregt male ich mir den morgigen Tag mit Julian aus, an dem es bestimmt endlich zu unserem ersten Kuss kommen wird.

Am Sonntag muss ich mich jedoch gedulden, denn Julian hat noch ein Auswärtsspiel mit seiner Eishockeymannschaft, sodass wir uns erst um halb vier treffen können. Seine Nachricht klingt total geheimnisvoll: »Megaüberraschung. Komm mit Rad und Mut: Treffpunkt Wäldchenparkplatz. Nicht vergessen: dick anziehen! Auch bunte Wollsocken sind erlaubt ☺«

Die Anspielung auf meinen Besuch bei ihm hätte er sich gern verkneifen können. Aber immerhin nimmt er mein Outfit mit Humor, dann sollte ich das ja auch können. Außerdem beschäftigt mich viel mehr unser Date. Mut habe ich zwar, doch um halb vier wird's schon finster. Was hat Julian mit mir in der Dunkelheit im Wald vor? Was mir soeben die Beine hochkriecht, ist nicht nur Verliebtheit, sondern ein bisschen Angst. Meldungen aus dem Internet schießen mir durch den Kopf. Werde ich auch zu denjenigen gehören, die für ihre Naivität und Gutgläubigkeit bezahlen müssen, weil sie sich mit dem Falschen eingelassen haben? Trotz aller Zweifel gibt es für mich dennoch keinen Grund, meine Verabredung sausen zu lassen. Ich kenne Julian zwar immer noch kaum, aber ich habe nach gestern endgültig das Gefühl, ihm trauen zu können. Nur zur Sicherheit rüste ich mich trotzdem lieber mal für alles. Mein Handy habe ich eh ständig dabei, dazu packe ich diesmal noch Taschenlampe, -messer, Trillerpfeife und ein Erste-Hilfe-Kompaktset in meinen Rucksack und ziehe meine festen Stiefel an.

Kurz vor halb vier komme ich am Wäldchenparkplatz an, meine Finger sind bei der Eiseskälte fast abgestorben. Es ist ganz still, und ein bisschen unheimlich. Die Bäume werfen durch den baldigen Vollmond schon lange Schatten. Kein Auto steht in der Dämmerung mehr da, keine Spaziergänger sind unterwegs, und leider ist auch von Julian weit und breit nichts zu sehen.

Als ich nach einigen Minuten mein Handy heraushole, um ihn zu kontaktieren, kommt er endlich angeradelt. Das Merkwürdige ist bloß, dass er nicht von daheim kommt, sondern aus dem Wald heraus. Was hat er da drin gewollt? Eine Falle für mich vorbereiten? Er strahlt jedoch, als würden seine Mundwinkel gleich die Ohren berühren, sodass ich mich selbst mit einem Lächeln entspanne und seiner Aufforderung nachkomme, ihm mit meinem Rad zu folgen.

Wir radeln nur ein kurzes Stück und halten an der Abzweigung des Fußwegs um den Waldsee. Durch die Bäume sehe ich Lichter-

schein, der Schnee erhellt zusätzlich die Umgebung, es sieht alles irgendwie total magisch aus.

Mit der Begründung, »damit du nicht stolperst«, die im Schneemondenschein ja eigentlich völliger Quatsch ist, nimmt Julian meine Hand. Wenn das kein eindeutiges Zeichen ist!

Dann führt er mich zum See. Was mich dort erwartet, übertrifft all meine Fantasien. Bisher war ich von Romantik und Kitsch etwa genauso begeistert wie vom Anblick weißer Socken in Sandalen, aber was Julian hier hingezaubert hat, ist einfach derart märchenhaft, dass ich mit offenem Mund fasziniert staune.

Der See ist zugefroren, Julian hat einen Teil davon vom Schnee befreit und eine ganz private Eisbahn für uns beide angelegt. Brennende Fackeln am Ufer und Kerzen, in Gläsern auf dem See verteilt, lassen Eis und Schnee wundervoll glitzern und tauchen alles in ein glänzend warmes Licht. Es wirkt wie ein Traum, obwohl es ganz real vor mir liegt. So was wahnsinnig Schönes hat noch nie jemand für mich gemacht.

»Gefällt's dir?«, fragt Julian völlig überflüssig in mein Staunen hinein. Ich nicke und drücke seine Hand.

»Gestern hab ich von unserem Trainer mitgekriegt, dass der See ab morgen zum Schlittschuhlaufen freigegeben ist. Bevor sich alle möglichen Leute hier drängen, dachte ich, wir weihen ihn ganz ungestört ein.«

»Es gibt bloß ein Problem«, fällt mir ein, »ich habe doch gar keine Schlittschuhe.«

»Aber ich«, grinst Julian und öffnet eine große Tasche, aus der er richtige weiße Eiskunstlaufschlittschuhe holt. »Mit vielen Grüßen von meiner Schwester.«

»Vivian leiht mir einfach so ihre Schlittschuhe?«

»Sie schenkt sie dir sogar.«

»Das kann ich nicht annehmen.«

»Dein Einsatz gestern ist es echt wert. Außerdem passen sie ihr sowieso nicht mehr, ist Größe 36. Meinst du, das geht für dich?«

»Mit meinen dicken Wollsocken absolut kein Problem«, greife ich

Julians Anspielung seiner Nachricht nochmals selbstironisch auf. Er grinst ebenfalls. »Worauf warten wir dann?«

Schwerelosigkeit wäre noch untertrieben, um zu beschreiben, was ich fühle, als ich mit Julian Hand in Hand in dieses glitzernde, verzauberte Wintermärchen gleite.

Anfangs bin ich noch ein wenig unsicher, denn das flackernde Licht der Kerzen und Fackeln lässt die Eisfläche fast verschwimmen, die zudem auch nicht so glatt ist wie künstliches Eis. Ich fasse unwillkürlich fester nach Julians Hand.

»Hab Vertrauen, du kannst das«, meint er eindringlich, »auch allein.« Dann löst er sich von mir, was ich erst einmal gar nicht so gut finde. Ich hätte ewig Hand in Hand weitergleiten können. Julian saust jedoch in seinem irren Eishockeytempo quer über die Eisfläche. Während er dort rückwärts Kreise zieht, lockt er mich zu sich.

»Komm Floh, und nicht nach unten schauen, nur zu mir. Gib Gas, ich fang dich auch auf.« Ich höre Julians Lächeln in seiner Stimme.

Ich fixiere nur ihn und fahre los. Als ich mich mit einem kleinen Wackler, aber sturzfrei nähere, breite ich schon die Arme zu ihm aus. Wie peinlich. So als könnte ich kaum abwarten, in seinen Armen zu liegen. Das stimmt natürlich auch, aber das muss er ja nicht gleich so eindeutig wissen. Leider brauche ich meine ausgestreckten Arme trotzdem. Da es hier natürlich keine Bande gibt und ich allein nicht abbremsen kann, *muss* ich mich ja irgendwo festklammern, und außer Julian ist nun mal nichts und niemand da.

Julian fängt mich nicht bloß auf, sondern wirbelt mit mir noch drei Drehungen um unsere gemeinsame Achse. Als wir allmählich zur Ruhe kommen, einfach fest umarmend aneinandergelehnt stehen, und ich spüre, wie sich beim Atmen sein Oberkörper warm bewegt, habe ich das Gefühl, schöner kann es gar nicht mehr werden, so vollendet ist dieser Moment. Es gibt nur uns beide auf der ganzen Welt und wir gehören für alle Zeiten zusammen. Klingt nach totalem Kitsch, aber genau so fühlt es sich an.

Als wir uns nach unendlich scheinenden Minuten wieder rühren, spüren wir erst, dass es noch kälter geworden ist.

»Punsch?«, fragt Julian.

Ich nicke beeindruckt. »Du hast ja echt an alles gedacht.«

»Heute soll endlich mal gar nichts mehr schiefgehen.« Wie er mich anlächelt, bleibt mir fast die Luft weg. Mein Verliebtheitsgefühl ist jetzt so gigantisch groß, dass es die Lungen und den Bauch zusammendrückt, weil es so viel Platz braucht. Ich kann kaum noch richtig atmen und fühle mich gleichzeitig doch lebendig wie nie.

Julian vermutet aber, ich sei bloß wegen der Kälte so starr. Ich lasse ihn in dem Glauben, denn dafür umarmt er mich warm von hinten und schiebt mich Schlittschuh fahrend vor sich her zu unseren Rucksäcken am Ufer. Er schenkt Orangenpunsch aus der Thermoskanne in zwei Becher und packt leckere Schokokekse aus. Er hat wirklich an alles gedacht.

Da Sitzenbleiben viel zu kalt ist, gleiten wir langsam mit Bechern und Keksen in der Hand übers Eis. Er mustert mich dabei so intensiv, dass ich vor Unsicherheit erröte. Zu meinem Glück kann er das in dem schummrigen Fackelschein aber nicht sehen.

»Das ist doch heute höchstens dein viertes oder fünftes Mal auf Schlittschuhen?«

Jetzt muss ich selbst überlegen: Das erste Mal mit der Klasse, als Julian und ich uns kennenlernten. Dann auf dem Eisplatz des Weihnachtsmarktes, um dieses unglaublich schwebende Gefühl wieder zu erleben. Vielleicht kam das damals schon gar nicht durchs schnelle Schlittschuhlaufen, sondern durch Julian? Muss ich mal drüber nachdenken, aber nicht jetzt. Das dritte Mal war Üben für unser Date, das vierte Mal bei der fatalen Eisdisco. Danach waren wir noch einmal zu zweit auf dem Weihnachtsmarkt Schlittschuh laufen. Das war's. Ich kann es selbst kaum glauben.

»Heute ist das sechste Mal. Wahnsinn, vor drei Wochen konnte ich nicht mal auf Schlittschuhen *gehen*.«

»Du hattest halt diesen gigantisch guten Trainer.« Julian brüstet sich gespielt arrogant. Ich kontere lässig: »Stimmt, der war echt cool. Ziemlich zwergwüchsig, aber darum passt er ja auch so gut zu mir. Peter hieß er, toller Typ.«

»Wenn ich *das* gewusst hätte, wäre ich heute natürlich nicht gekommen, sondern hätte dich mit Peter allein gelassen«, witzelt Julian.

Gut gekontert, freue ich mich und erkenne glasklar, er könnte so megakrass gut aussehen wie die berühmtesten Männermodels, ohne ähnlich schlagfertigen Witz wie meinen würde ich ihn nicht einmal wahrnehmen.

»Ist schon in Ordnung, dass du als Ersatz da bist. *So* übel fährst du ja auch nicht.«

»Und du erst, Floh.« Ganz im Ernst erklärt mir Julian dann, dass ich auf dem Eis echte Vorteile gegenüber Großen habe. »Du hast nämlich einen tiefen Schwerpunkt, bist wendiger und kannst dich besser in die Kurven legen. Du solltest Eishockey spielen.«

»Theoretisch hab ich vielleicht Vorteile. Aber eigentlich ist es auch bloß so wie mit den Würmern.«

Julian starrt mich dermaßen verwirrt an, dass er im Fahren über eine Kerze stolpert. »Was haben Würmer mit Eishockey zu tun?«

»*Theoretisch* könnte man Würmer essen, die enthalten 'ne Menge Proteine und gelten als echt gesund. Aber *praktisch* tut's doch keiner. Und ich sehe eben theoretisch so aus, als könnte ich super Eishockey spielen, aber praktisch kann ich's doch nicht. Um wirklich gut in einem Sport zu werden, muss man bestimmt auch viel früher anfangen.«

Doch dann erzählt mir Julian von diesem US-amerikanischen Eiskunstläufer Scott Hamilton, der bloß 1,60 Meter groß war und erst mit dreizehn Jahren mit dem Schlittschuhlaufen angefangen hatte, trotzdem über viele Jahre jeden Wettkampf gewonnen hat und später sogar Profieiskunstläufer war. Julian flitzt dabei profimäßig übers Eis, macht Sprünge und dreht wilde Pirouetten, um mir das zu veranschaulichen. Ich muss lachen, weil er so witzig aussieht, und begreife beglückt, dass er mir das auch deshalb erzählt, weil er sein eigenes, vom Eishockey bestimmtes Leben ganz mit mir teilen möchte. Er liebt mich wirklich! Mir wird so heiß bei diesem Gefühl, dass ich mich fast wundere, wieso das Eis unter meinen Füßen nicht wegschmilzt. Kurz darauf wundere ich mich noch viel mehr, als nämlich das Eis unter Julians Füßen weg ist und er auf einmal im See verschwindet.

22. Dezember

Es geht rasend schnell, trotzdem kommt mir alles wie in Zeitlupe vor. Als mir Julian seine witzige Show vorführt und dabei auch im hinteren Teil des zugefrorenen Sees Schlittschuh läuft, den er nicht vom Schnee freigeräumt hatte, kracht es urplötzlich wahnsinnig laut, und bevor Julian überhaupt reagieren kann, bricht er einige Meter vor dem gegenüberliegenden Ufer ins Eis ein und versinkt mit erschrockenem Schrei im Wasser.

Nach einigen Sekunden taucht er nochmals an der Oberfläche auf. Diese wenigen Schrecksekunden genügen mir, um von meiner eigenen fassungslosen Schockstarre in einen Aktionsmodus zu wechseln, in dem ich wie ferngesteuert handle.

Während ich gefühlt alle Geschwindigkeitsrekorde brechend auf Julian zurase, brülle ich ihm zu: »Halt dich am Eis fest und strample mit den Beinen! Auf keinen Fall mehr untergehen!«

Ich weiß, dass man einen ins Eis eingebrochenen Ertrinkenden am besten mit einer Leiter oder einem Seil vom Ufer aus rettet und sich nicht selbst in Gefahr begeben soll, weil man auf der Eisfläche ebenfalls einbrechen könnte, wenn sie weiter nachgibt. Aber ich habe kein Seil und schon gar keine Leiter. Bis ich den Notruf wähle und auf Hilfe warte, ist es zu spät für Julian. Ich bin auf mich allein gestellt. Was ich außerdem begreife, ist Waldsee – Wald – Bäume – Äste. Ein Ast ist fast so gut wie eine Leiter.

Unterdessen schreit Julian panisch strampelnd: »Hilf mir, ich geh unter!«, sodass es mir fast das Herz bricht. »Halt durch!«, rufe ich ihm zu, während ich, ohne umzuknicken, auf meinen Schlittschuhen ans Ufer springe und hektisch umherrenne auf der Suche nach einem Ast. Hinterher frage ich mich, wie ich das auf den wackeligen Schlittschuhen überhaupt geschafft haben kann. Es kommt mir ewig vor, doch solange ich Julian noch höre, dessen Rufe allerdings schon schwächer werden, ist noch nichts verloren. Endlich finde ich einen Ast, der lang und stabil genug ist, den ich aber trotzdem hinter mir herzerren kann. Immer wieder schreie ich Julian zu, er solle durchhalten, ich käme gleich.

Dann versuche ich Julian den Ast auf direktem Weg vom Ufer aus zuzuschieben, das Eisloch ist etwa fünf Meter von der Böschung entfernt. Der Ast ist natürlich nicht lang genug, ich müsste vom Ufer aus noch ein Stück aufs Eis hinaus. Aber genau das geht nicht. Ich erkenne plötzlich, warum Julian so überraschend eingebrochen ist. Aus dem Wald scheint unterirdisch ein wärmeres Rinnsal ins Wasser zu fließen, das genügt, das Eis an der Stelle dünn und brüchig werden zu lassen. Ich kann mich von hier aus auf keinen Fall selbst aufs Eis begeben, ich würde unweigerlich auch einbrechen. Ich muss mich also von der anderen Seite übers Eis nähern. Julian wird immer schwächer. »Ich kann nicht mehr«, keucht er, und ich sehe selbst, wie sehr er kämpfen muss, den Kopf und die Arme aus dem Wasser heraus übers Eis zu halten. Sein Oberkörper sinkt immer tiefer. Dann endlich bin ich seitlich von ihm auf dem Eis und schiebe ihm den circa drei Meter langen Ast zu.

»Greif zu und halt dich ganz fest. Du schaffst das!«

Mit letzter Kraft packt Julian mit einer Hand den Ast. Ich liege flach auf dem Eis, um möglichst wenig Gewicht auf eine Stelle zu bringen und so die Bruchgefahr zu mindern, halte den Ast ganz fest und schreie Julian an: »Jetzt die andre Hand, du packst das, los, mach!«

Ich sehe, wie er alle Energiereserven mobilisiert und mit der anderen Hand tatsächlich noch den Ast greifen kann. Es zieht mich ruckartig erst selbst ein kleines Stück nach vorne, Julian wiegt schließlich viel mehr als ich, aber dann halte ich dagegen und zerre am hinteren Ende des Astes, um Julian weiter aus dem Wasser zu kriegen. Um noch mehr Kraft zu haben, stehe ich wieder auf, bohre die zum Glück mit Zacken versehenen Eiskunstlaufschlittschuhe ins Eis hinein und stemme mich mit aller Gewalt in die Gegenrichtung, weg vom Eisloch. Trotzdem habe ich das furchtbare Gefühl, mich keinen Zentimeter zu bewegen. Julian sagt jetzt überhaupt nichts mehr, ich habe Panik, ihn zu verlieren. Die Stille ist entsetzlich. Ich weiß nicht einmal, ob sie echt ist oder nur in meinem Kopf existiert. Er darf einfach nicht aufgeben, und ich werde es auch nicht! Ich spüre, wie all meine Wut und Verzweiflung einen Energieschub in meine Arme und Beine schickt, und ich ziehe und ziehe und ziehe mit aller Macht an diesem Ast, an dem Julians Leben hängt.

Endlich nehme ich ein Röcheln hinter mir wahr. Ich drehe mich um. Julians Oberkörper ist bis zur Taille aus dem Wasser gekommen und liegt so weit auf dem Eis, dass er nicht wieder zurückrutschen wird, wenn ich den Ast jetzt loslasse. Gerettet, denke ich kurz in unendlicher Erleichterung und begreife doch gleich, dass er es nicht mehr schaffen wird, aus eigener Kraft weiter aus dem eisigen Wasser herauszukommen.

Ich kann nicht erklären, wie das überhaupt funktioniert, aber ich existiere in diesem Moment doppelt. Die eine Person ist Floh, die furchtbare Angst um den leblos daliegenden Julian hat, die schreien und aus diesem Albtraum aufwachen möchte, die zittert und sich unfähig fühlt zu handeln. Doch gleichzeitig ist da diese andere Floh, die irgendwie weiß, was das Richtige ist und es einfach tut, ohne Angst oder Zweifel zu spüren. Genau diese Floh robbt jetzt flach auf dem Bauch liegend und mit breit ausgestreckten Armen und Beinen, um den Druck auf dem Eis so gering wie möglich zu halten, die drei Meter zu Julian vor.

Wenn es jetzt doch noch bricht, gehen wir unweigerlich gemeinsam unter und werden sterben. Ich spüre trotzdem keine Todesangst. Höchstens in Floh 1 keimt dunkel irgend so etwas auf, Floh 2 macht einfach unerschrocken weiter.

Nie zuvor war ich so dankbar für meine Größe und mein dadurch so geringes Gewicht. Das Eis trägt tatsächlich meine vierzig Kilo, kein verdächtiges Knacken oder Krachen ist zu hören. »Wir haben's gleich geschafft«, rufe ich Julian Mut machend zu.

Ich tauche einen Arm ins Wasser, um ein Bein von ihm zu fassen und es herauszuziehen. Zur Sicherheit müsste ich eigentlich angeleint sein, damit ich nicht doch noch selbst ins Wasser hineingezogen werde, aber das ist natürlich unmöglich. Es muss einfach so gehen.

Schon nach wenigen Sekunden spüre ich, wie die Eiseskälte des Wassers ins Blut meiner Arme übergeht und sich von dort aus in meinem ganzen Körper ausbreitet. Es ist ein so entsetzliches, lähmendes Gefühl, dass ich mir nicht vorstellen kann, wie Julian es überhaupt geschafft hat, so lange in Bewegung und bei Bewusstsein zu bleiben.

Aber ich kriege einfach kein Bein von ihm zu fassen und spüre außer der Eiseskälte nun doch auch Panik. Julians Beine hängen schon schlaff nach unten, mein Arm ist zu kurz. Also wühle ich mit beiden Händen unter seinem Jackensaum, bis ich Julians Hosenbund zu fassen bekomme. Ich stecke einige Finger für zusätzlichen Halt durch die Gürtelschlaufen und ziehe, zerre und hieve mit aller Macht daran. Auch wenn mir die Finger absterben, ich werde nicht loslassen, bis ich Julian aus dem Wasser habe, schwöre ich mir, kämpfe weiter, schwitze trotz der Kälte wahnsinnig, glaube selbst gleich vor Anstrengung zu kollabieren, doch endlich liegt Julian tatsächlich bis zum Hintern auf dem Eis. Nun ist es fast leicht, am Hosenstoff noch ein Bein und dann das andere herauszuholen. Julian ist total entkräftet, ich bin nicht sicher, ob er überhaupt noch bei Bewusstsein ist. Bitte lass nicht alles umsonst gewesen sein, flehe ich und schreie laut Julians Namen. Er reagiert nicht mehr. Ich drehe ihn auf den Rücken, seine Augen sind zu, der Kopf fällt zur Seite. Ich rüttle an seinen Schultern und schlage ihn ins Gesicht. Es tut mir sicher mehr weh als ihm, aber es muss sein. Ich schlage auf die linke, dann auf die rechte Wange und brülle dabei: »Julian, hörst du mich? Komm zu dir!« Ich will seinen Puls fühlen, aber durch meine eiskalten Finger kann ich überhaupt nicht spüren, ob er noch einen Herzschlag hat.

Jetzt habe ich nur noch eine Chance. Ich überstrecke Julians Hals nach hinten, öffne seinen Unterkiefer, halte ihm die Nase zu, hole ganz tief Luft, lege meine Lippen auf seine und blase meinen Atem in seinen Mund. Ich habe mir vor dieser romantischen Kulisse echt etwas anderes als ausgerechnet eine Mund-zu-Mund-Beatmung als unseren ersten »Kuss« gewünscht, aber Hauptsache, es hilft.

Das tut es wirklich. Ganz sachte spüre ich, wie sich Julians blau angelaufene Lippen bewegen und er leise stöhnt. Wahrscheinlich war er noch gar nicht völlig bewusstlos, sondern nur total erschöpft, umso besser.

»Du lebst«, seufze ich erleichtert. Julian beginnt zu husten. Möglicherweise hat er Wasser geschluckt, als er vorhin unterging. Am

liebsten würde ich ihn umarmen, aber dafür ist keine Zeit. Er ist total unterkühlt und braucht dringend Wärme. Vor allem aber einen Krankenwagen.

Ich nehme Julian von hinten in den Rettungsgriff, packe unter seinen Schultern hindurch seinen vor der Brust quer gelegten Arm und ziehe ihn ans Ufer. Nachdem ich ihn an der Böschung abgelegt habe, schlinge ich ihm meinen selbst gestrickten Wollschal um den Hals und setze ihm meine Wollmütze auf, weil Wolle, selbst wenn sie nass wird, immer noch wärmt, rede ihm beruhigend zu, dass ich gleich wiederkomme und alles gut wird, und düse auf meinen Schlittschuhen im Mördertempo quer über den See meinem Rucksack zu.

Währenddessen hole ich mein Handy aus der Manteltasche und wähle die 112. Als sich die Notrufstelle meldet, erkläre ich kurz, was sich wo genau ereignet hat, schnappe dann meinen Rucksack, Julians Thermoskanne sowie zwei Fackeln und flitze übers Eis zurück, ihm dabei schon zurufend, dass die Rettung unterwegs ist.

Julian atmet ganz schwach, als ich bei ihm ankomme, aber immerhin atmet er überhaupt. Leider rührt er sich nicht mehr, nicht einmal ein Zittern ist mehr zu fühlen. Schlechtes Zeichen. Wenn Muskeln nämlich aufhören zu zittern, ist die Körpertemperatur bereits in einen kritischen Bereich gesunken. Nur wenn er wach ist, haben wir eine echte Chance, dass er überlebt. Meine Mutter hat mir schon vom sogenannten »Bergungstod« erzählt. Man glaubt, der Ertrinkende ist gerettet, doch durch falsche Maßnahmen tritt am Ende noch genau das ein, was man meinte, erfolgreich bekämpft zu haben, nämlich der Tod. Ich darf Julian nun eigentlich gar nicht mehr bewegen. Ich ramme die Fackeln rechts und links von ihm in die Erde und öffne meinen Rucksack.

Inmitten dieser grauenhaften Eiskatastrophe spüre ich plötzlich so etwas Verrücktes wie ein Glücksgefühl. Denn als ich mich auf den Weg zu unserer Verabredung machte, hatte ich in meinem Misstrauen, Julian könnte mir im Wald gefährlich werden, alles für eine Notlage eingepackt. Dieses Überlebenspaket macht seinem Namen nun wirklich alle Ehre.

Ich leuchte mit der Taschenlampe in Julians Augen. Seine Pupillen sind noch nicht starr, als ich ihn laut anspreche, also kein Kreislaufkollaps. Ich ziehe seine eisigen, nass durchtränkten Schlittschuhe aus, öffne seine vor Kälte steife, schwere Jacke, aber ich darf ihn in seinem Zustand so wenig wie möglich bewegen und also nicht mehr aufsetzen, um die Jacke auszuziehen. Ich schnappe mein Taschenmesser und schlitze die Schulterpartie auf, trenne die Ärmel ab und ziehe die Rückseite der Jacke unter ihm hervor. Auch den nassen Pulli schneide ich auf. Die Hose lasse ich an, es darf ohnehin nur der Rumpf gewärmt werden, keine Extremitäten wie Arme oder Beine, in denen jetzt das kälteste Blut ist. Denn wenn ich die bewege und erwärme, fließt das unterkühlte Blut daraus zum Herz zurück. Dann würde Julian erst recht kollabieren und es käme zum Herzstillstand. Ohne meine Mutter als Krankenschwester hätte ich von so einer »Hypothermie« aber natürlich auch keine Ahnung.

Dann das Wichtigste: Ich schlinge die Rettungsdecke um Julians Rumpf, die wärmende silberne Seite innen, die goldene außen. Die ganze Zeit spreche ich dabei, hoffe, Julian hört mich, beruhigt sich dadurch und kommt weiter zu sich. Tatsächlich atmet er stärker, schlägt irgendwann die Augen auf und haucht »Floh«. Noch nie habe ich meinen Spitznamen so gern gehört wie in diesem Moment.

Da er bei Bewusstsein ist, drehe ich ihn vorsichtig in die stabile Seitenlage, beuge seine Arme und Beine dabei aber nicht ganz vorschriftsmäßig. Ich habe Angst, dass mir Julian vielleicht doch noch wegen des zu kalten Blutes zusammenklappt. Schließlich gelingt es mir sogar, ihm ein wenig Orangenpunsch einzuflößen, der seinen Bauch wärmt und mit dem Zucker weitere Energie spendet.

Danach betrachte ich Julian nur. Umgeben von leuchtenden Fackeln und eingehüllt in die glänzend schimmernde goldene Decke sieht er überirdisch wie ein Rauschgoldengel aus. Fast wäre er das ja auch wirklich geworden, wenn sein irdisches Leben hier geendet hätte, und darüber fange ich nun ganz plötzlich an zu weinen.

Julian fragt, was los ist, und ich stammle bloß »Rauschgoldengel«.

Er drückt meine Hand und sagt zärtlich »Schutzengel«, und dann weine ich noch viel mehr.

23. Dezember

Dass ich einmal sagen würde, der wundervollste Klang der Welt ist ein Martinshorn, hätte ich nie für möglich gehalten. Als der Rettungswagen mit Blaulicht auf dem Waldweg parkt, schalte ich automatisch wieder vom Floh-1-Modus auf Floh 2, wische meine Tränen ab, springe auf, gebe Blinkzeichen mit der Taschenlampe und blase in meine Trillerpfeife, um die Sanitäter auf unseren Standort am hinteren Ufer aufmerksam zu machen. Sie eilen zu uns, prüfen Julians Körperreaktionen und loben meine Rettungsaktion. Dann verfrachten sie Julian auf die Trage und fragen mich, ob ich mitfahren möchte. Ich denke an die brennenden Fackeln und Kerzen, an Julians Tasche, an unsere nicht abgeschlossenen Fahrräder. Eigentlich kann ich das nicht zurücklassen. Außerdem habe ich immer noch Schlittschuhe an. Ich fühle mich auf einmal total überfordert zu erkennen, was das Richtige ist, obwohl ich doch die ganze Zeit vorher so gut funktioniert habe.

»Bitte«, sagt Julian nur und nimmt mir damit die Entscheidung ab.

Während er um den See getragen wird, stopfe ich seine Jackenreste und die Thermoskanne in meinen Rucksack, nehme seine Schlittschuhe und komme auf dem direkten Weg übers Eis. Jetzt bloß nicht noch hinfallen oder selbst einbrechen.

Am anderen Ufer werfe ich unsere Schuhe in Julians große Tasche, hänge mir die auch noch um und laufe zum Rettungswagen. Es ist mir absolut rätselhaft, wie das überhaupt klappt auf den schmalen Schlittschuhkufen, aber ich fühle mich inzwischen tatsächlich fast so sicher mit ihnen wie in normalen Schuhen.

Während Julian auf der Fahrt ins Krankenhaus mit Sauerstoff versorgt wird und Infusionen erhält, komme ich endlich dazu, die Schlittschuhe doch noch auszuziehen, und nehme auch meinen Schal und die Wollmütze von Julian zurück. Uns bleiben nur noch wenige Minuten, bis er in die Notaufnahme gerollt wird. Wir halten uns an den Händen, sehen uns an, sagen gar nichts und drücken doch so viel damit aus; vielleicht sogar mehr, als wir mit Worten schaffen würden.

Der Abschied fühlt sich furchtbar an. Nach dem Erlebnis heute würden wir uns am liebsten gar nicht mehr voneinander trennen.

Kaum ist Julian weg, stürmen seine über Vivian von mir verständigten Eltern durch die Eingangstür. Ich höre, wie sie am Empfang »Von Lemberg« sagen, und gehe auf sie zu. Ich hätte mir wirklich gewünscht, ihnen unter anderen Umständen zu begegnen, und ihnen geht es garantiert ähnlich. Wahrscheinlich haben sie sich sogar nicht bloß andere Umstände, sondern überhaupt eine andere Freundin als mich für ihn vorgestellt. Trotzdem muss man die Lebensretterin seines Sohnes nicht behandeln wie ein gefährliches Virus, mit dem man sich niemals infizieren möchte.

Als ich nämlich sage: »Hallo, ich bin Floh. Ich war mit Julian am See und habe Vivian verständigt. Es geht ihm gut«, schleudert mir seine Mutter ein »Bist du Ärztin? Woher willst du das wissen? Du hast ihn doch überhaupt erst dazu gebracht« entgegen. Der Vater nimmt mir Julians Tasche mit den Worten »Wir sprechen uns noch« ab, was mehr wie eine Drohung als eine Verheißung klingt, dann verschwinden sie zu Julian. Nachdem meine Verblüffung nachlässt, schicke ich ihnen ein »Ein Danke hätte auch genügt« hinterher, das sie bestimmt nicht mehr hören, aber so fühle ich mich wenigstens selbst ein bisschen besser.

Trotzdem geht's mir gar nicht gut und der mit Lichtern und Strohsternen geschmückte Tannenbaum macht mich noch mehr fertig. Nach der dramatischen letzten Stunde mit Julian kommt mir Weihnachten total weit weg vor. Es ging ums pure Überleben. Jetzt, da alles geschafft ist, ist es, als würde jemand den Stecker ziehen. Ich kann nicht mehr. Vor Kälte und Erschöpfung beginnen meine Muskeln zu zittern. Zum Glück habe ich von den Sanitätern die Rettungsdecke wieder bekommen. Kurz aufwärmen und ausruhen, bevor ich nach Hause gehe.

In die goldene Folie gehüllt, lege ich mich quer über drei Stühle. Außer mir ist kein einziger Besucher mehr hier. Stille, Ruhe, Schlaf. Darin Bilder von aus dem Eis ragenden Händen, leblos im Wasser treibenden Körpern, ohrenbetäubendem Krachen, dann versinke ich selbst unter einer Eisdecke und werde merkwürdigerweise ganz ruhig. Schließlich kann mich doch noch jemand retten, ich spüre ein Rütteln an meinem Körper und höre Stimmen.

SPECIAL
PERFECT
OPEN
BIG!

FANTASTiC
OH!
SUPER

»Hallo, ist alles in Ordnung? Brauchst du einen Arzt?« Klar brauche ich den, ich bin ja gerade ertrunken.

»Wartest du auf jemand oder suchst du eine bestimmte Station?« Das klingt überhaupt nicht mehr nach Eisrettung. Ich fühle mich noch wie betäubt, schaffe es aber, die Augen zu öffnen. Den Mann vor mir kenne ich. Dann begreife ich, dass er am Empfang arbeitet und ich im Krankenhaus bin. Julian ist auch hier. Nicht ich, sondern er ist ins Eis eingebrochen, erinnere ich mich wieder. Auf die Frage, ob er meine Eltern verständigen soll, nenne ich den Namen meiner Mutter, die er natürlich kennt und sofort anrufen geht.

Kurz darauf kommt er mit heißem Kakao und Keksen zurück. Unglaublich, dass ich erst, als ich die Kekse vor mir sehe und mir der Kakaoduft in die Nase zieht, merke, wie durstig und ausgehungert ich bin. Ich falle darüber her wie nach einem Hungerstreik. Kurz darauf stürmt meine Mutter herein, die heute ausnahmsweise auch nicht cool wirkt, sondern mich aufgewühlt an sich drückt. Vermutlich weil sie noch gar keine Ahnung hat, was passiert ist, und glaubt, mich hat's selbst irgendwie erwischt.

»Chill mal, Mama, mir geht's gut«, beruhige ich sie.

»Schon klar, Rosa. Wenn man sonntagabends ins Krankenhaus gerufen wird, weil dort eine in eine Rettungsdecke gehüllte, total verdreckt und verwildert aussehende Person sitzt, die man nur mit Mühe noch als eigene Tochter erkennt, dann ist das ein echt sicheres Zeichen dafür, dass es ihr gut geht.« Ihr Humor hat heute etwas leicht Hysterisches. Ich habe keine Lust, mich noch einmal so anfahren zu lassen wie von Julians Eltern, wenn ich jetzt erzähle, was wirklich geschehen ist. Deshalb wähle ich die strategisch schlauere Variante.

»Ich habe nur Julian hierherbegleitet, der hatte einen kleinen Unfall. Aber ihm geht's auch so weit gut. Lass uns heimgehen, dann erzähl ich dir alles.« Ich stehe auf, was mir nicht so lässig gelingt, wie ich wollte. Meine mit Krankenschwesterblick geschulte Mutter wählt für die Heimfahrt ein Taxi, wofür ich im Nachhinein echt dankbar bin. Ich zittere mich in unsere Wohnung, wo meine Mutter eine heiße Wanne einlässt. Im Spiegel sehe ich mich zum ersten

Mal seit der Rettungsaktion. Jetzt begreife ich, wieso mich Julians Eltern für ein ansteckendes Virus hielten. Meine Klamotten starren vor Dreck, Schmutzstreifen laufen quer über mein Gesicht, in meinen zerzausten Haaren hängt sogar noch Laub.

Als ich in der Wanne liege und meine Hände durchs heiße Wasser gleiten, schwemmt die Erinnerung wieder an die Oberfläche. Ich denke an Julian, daran, was passiert ist und noch hätte passieren können, und brauche eine Weile, bis ich es meiner Mutter endlich erzählen kann. Falls sie mit einer Strafpredigt anfängt, weil ich allein mit Julian in der Dunkelheit im Wald und verbotenerweise auch noch auf dem zugefrorenen See war, tauche ich einfach unter Wasser.

Ihre Hand nähert sich meiner Wange. Wird das etwa 'ne Ohrfeige? Sie nimmt mein Gesicht in ihre Hände, drückt mir einen Kuss auf die Stirn, lächelt mich an und sagt: »Ich bin stolz auf dich, Rosa, sehr stolz.« Und ich bin stolz auf meine Mutter, weil sie gar nicht schimpft. An ihr sollten sich Julians Eltern ein Beispiel nehmen.

»Du hast alles richtig gemacht, was man bei einem ins Eis Eingebrochenen tun soll. Als hättest du das schon hundert Mal gemacht.«

»Ich hatte halt 'ne tolle Ausbilderin«, winke ich bescheiden ab.

»Danke für die Blumen. Trotzdem sind Theorie und Praxis zweierlei. Manche wissen, wie's funktioniert, aber wenn's drauf ankommt, sind sie vor Schreck so gelähmt, dass sie's doch nicht können.«

»Aber … es ging ja um Julian«, erkläre ich stockend. »Wenn ich nicht … dann …« Ich sehe vor mir den leblosen Julian im eisigen Wasser und beginne wieder zu zittern, obwohl ich in der heißen Wanne liege.

»Du magst ihn wirklich sehr«, sagt meine Mutter wie eine Feststellung, nicht wie eine Frage. Wenn man mal davon absieht, dass »mögen« noch total untertrieben ist, hat sie recht.

Dann verfrachtet sie mich ins Bett, weil ich abwechselnd Schüttelfrost und Fieber habe. Das sei normal, meint sie. »Nach stressigem Alarmzustand fährt ein Körper auf Minimalleistung runter, um sich zu regenerieren. Dadurch ist das Immunsystem angreifbar. Aber das geht bald vorbei. Natürlich musst du bis zu den Ferien nicht mehr in die Schule.«

Meine Mutter glaubt, mir damit eine Freude zu machen. Aber wie soll ich Julian im Krankenhaus besuchen, wenn ich selbst krank daheimliege? Ich kann ihn nicht einmal anrufen, weil sein Handy beim Eiseinbruch kaputtgegangen ist. Sie schlägt vor, mal auf seiner Station vorbeizugehen, aber das verbiete ich ihr. Mir kommt es seltsam vor, wenn sich die beiden kennenlernen und ich bin gar nicht dabei.

Immerhin erfahre ich von Vivian, dass Julian zwar Erfrierungen an den Füßen hat, die sich aber zurückbilden werden, und dass er pünktlich zu Weihnachten aus dem Krankenhaus entlassen wird.

Am Mittwoch, den 23. Dezember geht es mir endlich selbst wieder gut und ich beschließe, Julian zu besuchen.

Als ich die Station betrete, bleibe ich total nervös vor seiner Zimmertür stehen. Wie wird unser Wiedersehen sein: so wortlos glücklich, wie wir uns getrennt haben? Oder haben ihn seine Eltern schon überzeugt, dass ich nicht die Richtige bin und bloß Unglück bringe? Oder glaubt er jetzt zwar, in mich verliebt zu sein, ist in Wahrheit aber nur dankbar, weil ich ihn gerettet habe?

»Kann ich dir helfen?«

Ich drehe mich um und stehe einem Krankenpfleger gegenüber. Aber nicht irgendeinem, sondern ausgerechnet dem Freund meiner Mutter. »Steffen« lese ich auf seinem Kittel. Der hat mir gerade noch gefehlt. Um ihm zu entkommen, öffne ich jetzt ohne Zögern die Tür und flüchte mich zu Julian. Das Dumme ist nur, dass er an mir kleben bleibt. »Genau da wollte ich auch hin.« Auch das noch.

Julian liegt allein. Obwohl mich sofort ein irres Verliebtheitsgefühl wie eine Flutwelle überschwemmt, tue ich, als wäre ich bloß »irgendein« Besuch, weil ich nicht will, dass dieser Steffen was mitkriegt und blöde Bemerkungen macht. Ich begrüße Julian deshalb total verklemmt und berühre ihn auch nicht. Ich sehe in seinen Augen, dass er das ziemlich strange findet, was mich selbst noch wütender macht. Steffen wechselt die Infusionsflasche und fragt dann: »Kann ich sonst noch irgendwas Gutes für euch tun?«

»Ja, gehen!«, sage ich scharf. Julian schaut irritiert, Steffen grinst. »Na, da will ich euer Liebesgeflüster mal nicht länger stören.«

Das Bild mit ihm und meiner Mutter auf dem Weihnachtsmarkt taucht wieder vor mir auf. »Wissen Sie überhaupt, was Liebe ist? Jedenfalls mehr als nur mal rumknutschen!« Steffen mustert mich.

»Hast du für deine Zunge eigentlich schon einen Waffenschein?«

»Hat sie«, nickt Julian, »und sie kann ziemlich scharf schießen.«

Verbünden sich die beiden jetzt auch noch gegen mich? Mir reicht's. »Wir kommen gut alleine klar, *sehr* gut sogar«, betone ich.

Steffen und Julian wechseln einen Blick. Dann wedelt Steffen an seinem Kittel, als wäre ihm total heiß, und geht mit den Worten: »Wusste gar nicht, dass Feuer speiende Drachen hier erlaubt sind.«

»Der war ja wohl krass daneben«, fauche ich Julian an.

»Sorry, Floh, aber du warst 'ne Nummer krasser. Dabei müsste dir der Typ voll liegen, exakt dein Humor.«

Höchste Zeit, Julian darüber aufzuklären, dass dieser Typ gerade unser Leben verändert und vielleicht schon morgen Abend als Weihnachtsmann bei uns vor der Tür steht oder spätestens nächstes Jahr auf heile Familie mit meiner Mutter und mir macht.

Julian grinst danach. »Das erklärt einiges.«

»Sag ich doch.«

»Aber überleg mal, was Weihnachten heißt.«

Bitte jetzt keine Predigt über das Fest der Liebe.

»Man feiert die Geburt Jesu. Und wer waren seine Eltern?«

»Maria und Josef«, zucke ich meine Schultern.

»Genau. Und obwohl Josef nicht der leibliche Vater war, hat er sich trotzdem um Jesus gekümmert«, schiebt Julian nach.

»Du willst mir sagen, meine Mutter und Steffen sind wie Maria und Josef, und ich bin vielleicht auch noch Jesus?«

»Für andere sein Leben einsetzen hast du ja schon ziemlich gut drauf«, sagt Julian scherzhaft, sieht mich dabei aber ernst an. »Außerdem, gönn den beiden doch das Gleiche wie uns.«

Julian nimmt mit einem unfassbar intensiven Blick meine Hand, und es fühlt sich an, als sei das wie ein Stromschlag durch meinen ganzen Körper fließende Kribbeln direkt aus seiner Hand auf meine übergesprungen. Wie könnte mich das Glück meiner Mutter mit ihrem Steffen jetzt noch stören?

24. Dezember

Wer glaubt, im Krankenhaus hat man seine Ruhe, war selbst noch nie dort. Nachdem Steffen weg ist, schlüpft Vivian herein. »Hi! Unsre Eltern reden grad mit dem Arzt und kommen auch gleich.«

Ich springe auf. »Höchste Zeit zu verschwinden.« Dem irritierten Julian schildere ich kurz unser Aufeinandertreffen am Sonntag. »Nur ein Masochist freut sich da aufs Wiedersehen.«

»Hier geht's ums Wohl des Patienten. Also meins«, protestiert Julian, »wie soll ich es aushalten, wenn du mich so schnell schon wieder verlässt?«

»Probier's mit Atmen«, antworte ich betont cool, »soll helfen.« Als ich Julians enttäuschten Blick sehe, muss ich natürlich grinsen. »Wir können uns ja morgen sehen, wenn du entlassen wirst.«

»Bis ich nach der Visite rauskann, ist garantiert schon Mittag.«

»Und ab vier Uhr ist Familienzwang«, wirft Vivian ein.

»Ginge also zwischen eins und vier.« Julian sieht mich an, ich nicke. »Wir sollten uns bloß zur Abwechslung mal nicht auf dem Eis treffen. Hat uns bisher nicht immer Glück gebracht.«

»Wie wär's dann bei dir daheim, Floh? Kenn ich ja noch nicht.«

Im Vergleich mit der Von-Lemberg-Villa versäumt man da auch nichts. »Du weißt, wo Maria und Josef ihr Kind gekriegt haben?«

»In Bethlehem, im Stall«, antwortet Julian irritiert.

»Weil in der Herberge kein Platz für sie war«, vollendet Vivian.

»Euer Haus ist die Nobelherberge, unsre Wohnung der Stall.«

Julian grinst. »Hast du mir nicht von Anfang an erklärt, wahre Größe hat nichts mit äußerer Größe zu tun?«

Erwischt. Durch mein eigenes Argument geschlagen, verabreden wir uns also für den 24. bei mir, dann haue ich gerade noch rechtzeitig ab, bevor Julians Eltern kommen.

Als ich nachmittags mit meiner Mutter unseren Tannenbaum schmücke, dazu Christmas-Songs laufen und wir uns mit Plätzchen vollfuttern, kommt bei mir endlich wieder Weihnachtsstimmung auf. Diese unvergessliche Atmosphäre, die Julian am Sonntag auf dem See gezaubert hatte, war zwar wie ein wunderschönes Wintermärchen, aber sobald er ins Eis einbrach, war es damit natürlich vorbei.

Mir fallen Julians Worte wegen Steffen ein, weshalb ich meine Mutter frage: »Feiern wir morgen eigentlich nur zu zweit?«

»Willst du deinen Julian einladen?«

Manchmal ist selbst meine Mutter so 'ne »richtige« Mutter, also peinlich. Ich stöhne auf und antworte: »Das ist nicht ›mein‹ Julian.«

»Deshalb kannst du ihn trotzdem einladen.«

»Der macht schon daheim auf Familie.«

»So wie wir beide auch.«

»Dann sind wir also nicht zu dritt?« Jetzt ist es raus. Ich warte angespannt, was meine Mutter antwortet. »Natürlich nicht. Dachtest du, ich setze dir Steffen gleich als Weihnachtsmann vor? Außerdem glaubst du sowieso nicht mehr an den Weihnachtmann.«

Ich atme erleichtert auf und kann sogar Julians Rat beherzigen. »Triff dich aber ruhig mit ihm am ersten oder zweiten Feiertag. Macht mir echt nix aus.« Außerdem habe ich dann Zeit, mich mit Julian zu treffen. »Und irgendwann können wir ja auch mal zu dritt was machen«, setze ich gönnerhaft nach, »immerhin soll er Humor haben, hab ich gehört.« Meine Mutter nimmt mich lachend in den Arm und alles ist gut.

Kleine Kinder schlafen schlecht vor Aufregung, dass das Christkind oder der Weihnachtsmann kommt. Nichts im Vergleich zu meiner schlaflosen Nacht, weil ich total aufgeregt bin, dass Julian kommt. Am Morgen des 24. Dezembers geht meine Mutter noch einmal arbeiten. Ich nehme gerade die letzte Adventskalenderwollsocke von der Leine, bevor das für Julian ein zusätzlicher Schock zu unserer Wohnung wird, als es klingelt. Wir haben doch erst ein Uhr ausgemacht, denke ich hektisch. Ich bin noch gar nicht richtig angezogen und mein Geschenk für ihn ist auch noch nicht eingepackt. Ich schleiche zur Tür und blinzle durch den Spion. Die Geisha!

Als mich Leonie das letzte Mal besuchte, wollte ich Julian nie wiedersehen, weil ich dachte, Vivian ist seine Freundin. Niemals hätte ich geglaubt, dass sich mein Leben in so wenigen Tagen so

C
H
R
m
I
e

R
A
M
S
T
S
y

komplett ändern würde. Ich reiße die Tür auf und Leonie fällt mir in die Arme.

»Zum Glück bist du da. Frohe Weihnachten, Floh. Du bist echt die Heldin, wow, Julians Leben retten! Jetzt seid ihr garantiert so richtig zusammen, oder nicht? Ist er vielleicht sogar da? Stör ich? Ich wollt eigentlich auch nur ein Geschenk für dich abgeben. An Weihnachten ist das ja wohl erlaubt, ohne eine Art von Bestechung für 'ne Freundschaft zu sein, oder?«

Vor wenigen Wochen hätte mich Leonies Sprechdurchfall noch wütend gemacht, jetzt lache ich darüber. Ich fände ein bisschen weniger zwar besser, aber dafür hat sie so viele andere Qualitäten gezeigt, die mir inzwischen echt mehr wert sind.

»Komm rein. Du störst erst ab eins.«

Leonie quietscht. »Sag bloß, dann triffst du Julian?«

Ich nicke.

»Seid ihr jetzt also richtig zusammen?« Natürlich habe ich Leonie längst erzählt, was in den letzten Tagen alles abging.

»Irgendwie schon, aber so richtig richtig eigentlich doch nicht.«

»Trefft euch bloß nicht auf dem Eis, bei allem, was da schon schiefgegangen ist.«

Ich freue mich, dass sie das genauso sieht wie ich. Sie kennt mich eben doch ziemlich gut, wie eine echte Freundin halt. »Julian kommt hierher«, sage ich.

Leonie zeigt auf die Adventskalenderwollsocke in meiner Hand. »Und da wolltest du die vorher verschwinden lassen, weil es dir peinlich ist?«

Ertappt knete ich an der Socke herum.

»Ich bin jetzt doch enttäuscht von dir, Floh. Sonst bist du immer so ehrlich, und hier verleugnest du ausgerechnet dich selbst.«

»Du hast diese Highstyle-Protzvilla nicht gesehen!«

»Auch wenn du mich für verrückt hältst, erinnere dich an Pippi Langstrumpf. Die war nicht nur so frech und mutig wie du, sondern Annika und Tom haben sich in der nicht ganz so normalen Villa Kunterbunt auch viel wohler gefühlt als bei sich daheim.«

Keiner außer Leonie würde auf so einen Vergleich kommen, aber sie hat mal wieder ziemlich recht damit und setzt sogar noch einen drauf. »Wer außerdem so mutig war, einen anderen zu retten, der ist wohl locker auch mutig genug, um seine Wohnung zu zeigen. Ohne Offenheit und Ehrlichkeit klappt sowieso keine Beziehung.«

Ich überspiele meine Rührung über ihren Rat und haue Leonie stattdessen auf die Schulter. »Ich hätt's früher echt nie geglaubt, aber von dir kann man nicht bloß in der Schule was lernen.«

Leonie grinst. »Ich hab von dir auch was gelernt. Zum Beispiel Humor. Pack mal mein Geschenk aus.«

Neugierig reiße ich das Papier auf. Es ist eine CD mit dem Titel »Short People«.

»Total witzig, hahaha.« Ich verberge nicht, dass ich beleidigt bin. Leonie grinst noch mehr. »Reingefallen. Wie alle kleinen Menschen in den Siebzigern. Kennst ja meine Vorliebe für alte Hits, Abba und so. Randy Newmans ›Short People‹ war sogar ein Nummer-1-Hit. Aber alle Kleinen haben geglaubt, der macht sich über sie lustig. Dabei hat er das ironisch gemeint, also andersrum, und wollte, dass man mal mehr auf die Kleinen hört. So wie ich auf dich.«

Leonie schenkt mir also diese »Short People«-CD, aber in Wahrheit schenken wir uns natürlich viel mehr. Wir umarmen uns endgültig als Freundinnen, dann geht sie – und Julian kann kommen.

Kein Eis, keine Mutter, keine anderen störenden Leute. Mir sollte es total gut gehen, aber ich zupfe ständig an mir rum, betrachte mich im Spiegel, ziehe mich mehrmals um, mache meine Haare auf, dann wieder zusammen, binde eine Schleife um Julians Geschenk, reiße sie wieder weg, hänge x-mal die gefüllte Wollsocke woanders auf, um zu testen, wo sie am »besten« aussieht, schaue alle paar Minuten auf die Uhr, die Zeit verrinnt gar nicht, dann wieder zu schnell. Mir ist heiß, trotzdem zittern meine Beine, als litte ich an Unterkühlung. Obwohl ich mir so sehr wünsche, Julian zu sehen, wünsche ich mir gleichzeitig fast genauso, er würde lieber nicht kommen.

Dann kommt er kurz nach eins doch, und natürlich freue ich mich wahnsinnig darüber, auch wenn ich statt eines Raketenstarts in eine wunderschöne schwerelose Atmosphäre eher eine gigantische Explosion in meinem Bauch spüre, die einen riesigen Krater reißt.

Ich bin total nervös und führe Julian deshalb hastig durch unsere Wohnung. Sein Blick bleibt an der baumelnden Wollsocke mit dem 24-Schild hängen.

»Krass! Der Mega-Ultra-Individual-Adventskalender. Bei dir ist ja echt nichts wie bei anderen.«

Im Normalfall würde ich wahrscheinlich so was Schlagfertiges sagen wie »Und genau das liebst du«. Aber das Einzige, was ich rausbringe, ist: »Kannst du aufmachen«, und das tut Julian dann auch.

Meine Mutter hat in der Wollsocke einen silber-golden umhüllten Schokoengel versteckt. Natürlich hatte sie schon Anfang Dezember den Adventskalender gefüllt, trotzdem kann das doch kein Zufall sein. Julian sieht das genauso. »Denkst du auch, was ich denke?«

Ich nicke. »Wie du, als Rauschgoldengel in der Rettungsdecke.«

»Und du als mein Schutzengel.«

»Ich schenke ihn dir.«

Julian sieht von dem Engel zu mir. »Danke«, sagt er und ich spüre, dass er nicht nur den Schokoengel damit meint.

»Ich habe auch ein Geschenk für dich, Floh.«

Da ich für ihn ja ebenfalls noch was Richtiges habe, gehen wir jetzt in mein Zimmer, wo ich ihm aufgeregt mein Päckchen überreiche. »Fröhliche Weihnachten.«

Julian nimmt es und sieht sich grinsend um. »Fröhliches Zimmer.«

»Vor allem *kleines* Zimmer«, korrigiere ich und stehe unsicher da. Es ist sogar so klein, dass ich nicht einmal ein Sofa habe, sondern nur einen Sessel, dazu ein Schreibtisch mit Stuhl, Schrank, Regal und natürlich mein Bett.

»Klein passt doch zu dir. Genau wie die Farben.«

Meine Wände sind rot, weiß und gelb mit Streifen und anderen Mustern. Die gleichen Farben hat auch meine Bettwäsche, auf der sich Julian ganz cool niederlässt. Da ich nicht blöd vor ihm herumstehen will, setze ich mich verlegen zu ihm und hoffe nur, er spürt meinen wummernden Herzschlag nicht.

»Hier ist es, als wär Sommer. Irgendwie so leuchtend, sonnig und warm. Wie du.« Julian sieht mich dabei nicht an. »Bei unserem allerersten Treffen im Eisstadion hab ich das auch schon gemerkt.«

»Sah aber nicht so aus«, krächze ich aufgeregt.

»Du hast so eine Wahnsinnsenergie ausgestrahlt, Lebensfreude irgendwie, deine vielen Sommersprossen, die grünbraunen Augen, mir ist warm geworden wie an einem Sommertag, und das mitten im Winter.« Julian räuspert sich, dann dreht er sich zu mir. »Und jetzt gerade ist das auch wieder so.«

Passend zu Julians Sommertag spüre ich in mir einen Schwarm Schmetterlinge fliegen. Aber was tue ich jetzt am besten? Bei Erster Hilfe gibt's Regeln, was das Richtige ist. Warum gibt's bei Erster Liebe keine klare Anleitung?

Überfordert von meinen Gefühlen tippe ich forsch auf mein Weihnachtsgeschenk für ihn. »Hat auch mit Wärme zu tun, also pack's aus.«

Julian sieht mich total irritiert an. Ich weiß selbst, dass ich gerade einen magischen Moment zerstört habe. Aber mir fällt absolut nichts ein, wie ich ihn wieder herbeizaubern könnte. Ich beiße mir auf die Lippen. Julian packt immerhin trotzdem das Geschenk aus. Ich habe ihm eine lässige Mütze, Schal und Socken gestrickt, alles weiß-blau-grau, die Farben aus seinem Zimmer.

»Wolle hält warm, immer, weißt du, sogar wenn sie klatschnass ist«, stammle ich weiterhin verlegen, und Julian fragt nach: »Wie am See, meinst du?«

Ich nicke. »Aber du musst trotzdem nicht noch mal reinfallen.«

»Wenn ich gewusst hätte, dass nur der vordere Teil des Sees zum Schlittschuhlaufen freigegeben wird, wäre ich nie dahinten rumgefahren«, ärgert er sich.

»Ist ja alles gutgegangen«, beruhige ich ihn.

»Ich will so was totzdem nie wieder erleben.«

»Aber vorher am Sonntag, also bis es passiert ist, war's echt ...« Ich will meine Peinlichkeit von zuvor wiedergutmachen, doch mir fehlen die richtigen Worte, um dieses Märchen zu beschreiben. Ich lächle nur. Julian versteht mich zum Glück trotzdem. »Fand ich auch«, nickt er. »Drum hab ich dir auch ein ganz spezielles Weih-

nachtsgeschenk gebastelt. Erst wollte ich dir ja ein Buch über Rosa Luxemburg schenken. Aber so unerschrocken und mutig wie du selbst bist, brauchst du gar nichts mehr über sie lernen. Außerdem dachte ich, mit Geld und was Gekauftem kann man dich eh nicht beeindrucken.«

Beeindruckt ist überhaupt kein Ausdruck für mein Gefühl beim Anblick seines einmalig schönen Geschenkes.

Julian hat einen Erste-Hilfe-Kasten mit golden glitzernder Folie beklebt. Als ich ihn öffne, tauche ich in unser Wintermärchen im Miniaturformat ein. Wände und Deckel sind silbern ausgekleidet. Darin hat er mit Zubehör für Modelleisenbahnen einen See inmitten eines verschneiten Winterwalds gezaubert, auf dem sogar kleine Lichter stehen. Darauf gleiten zwei Schlittschuhläufer Hand in Hand.

Ich glaube, ich habe noch niemals etwas Schöneres gesehen, und seufze verliebt.

»Zum Andenken, aber auch als Einladung, dass wir trotzdem noch mal zusammen Schlittschuh laufen gehen. Falls du magst?«

»Und ob.« Ich sehe Julian an und spüre auch ganz ohne Schlittschuhe wieder dieses schwebende Glücksgefühl.

Er räuspert sich. »Ich erinnere mich ja nicht mehr so genau an meine Rettung. Du könntest mir deshalb noch mal zeigen, wie du mir geholfen hast. Da war doch diese Mund-zu-Mund-Beatmung?«

Julian nähert sich mir, doch kurz bevor er meinen Mund berührt, stoppe ich ihn. »Du musst das nicht machen, bloß weil du glaubst, mir dankbar sein zu müssen.«

»Das hat mit Dankbarkeit überhaupt nichts zu tun, Floh.« Er sieht mir tief in die Augen, ich halte den Atem an.

»Sondern?«

»Mit Liebe.«

Dann umarmen wir uns, sinken aufs Bett, Julians sanfte Lippen berühren zärtlich meinen Mund, ich schließe die Augen und genieße diesen lang ersehnten, unbeschreiblich süßen Kuss, der zum allerschönsten Geschenk dieses glücklichsten Weihnachtsfests meines Lebens wird.

Jingle
BELLS

© privat

Anja Massoth studierte Publizistik, Romanistik, Theater- und Filmwissenschaften in Wien und Valencia. Sie arbeitet seit über zehn Jahren erfolgreich als Drehbuchautorin für TV-Serien und als Dramaturgin. Außerdem schreibt sie Kurzgeschichten, unter anderem für die RBB-Hörfunksendung »Ohrenbär«. Mit »Nachhilfe in Erster Liebe« veröffentlichte sie ihren ersten Jugendroman. 2013 gewann sie den Literaturpreis der Riedbuchmesse Stockstadt für die Kurzgeschichte »Hawaii wird abgeschafft!«.